光文社文庫

文庫書下ろし

ブラックリスト

麻薬取締官・霧島彩II

辻　寛之

KOBUNSHA

光　文　社

この作品は光文社文庫のために書下ろされました。

目次

ブラックリスト　麻薬取締官・霧島彩II

プロローグ

――二年前。

霧島彩《きりしまあや》は複雑な気持ちで取調室を出た。容疑者の自供を引き出し、逮捕した。麻薬取締官としてやるべき仕事をやったのだ。違法薬物を取り締まる司法捜査員として当然の仕事だ。だが、その一方、新たな犠牲者をまた一人生み出してしまった。その思いを払拭《ふっしょく》するため、彩はいつも自分に言い聞かせている。

――これは救済だ。

容疑者の名前は水沢《みずさわ》茜《あかね》。元女優。コカインを所持しており、『麻薬および向精神薬取締法』違反の容疑で逮捕した。自白でコカインの所持を認めて、コカイン〇・〇三グラムを押収。近く送検される。

水沢は再犯だ。稀に執行猶予がつくこともあるが、実刑で一年か二年、服役する可能性が高い。水沢はまだ二十代。やり直しができる年齢だ。前科者に対する世間の風当たりは厳しい。それでも彩は水沢の強さを信じたかった。そうでなければ、この仕事は犠牲者を生み出す一方だ。

デスクに戻り、パソコンを起動する。背後に気配を感じ振り向くと彩の上司、堤信二《つつみしんじ》が立っていた。今しがた一緒に取り調べをしたばかりだ。

「さっきはよくやった」

堤に言われ、「はい」と返事をした。

「調書ができたら持ってこい」

彩はパソコンのワープロソフトを立ち上げた。

容疑者として聴取した時、水沢茜はコカインの所持を否認していた。だが、隠し持っていることはわかっていた。できれば自供を引き出したい。水沢の自供は罪の告白であると同時に、更生への第一歩になるはず。そんな思いで取り調べをした。

水沢が自供し、逮捕された時、彩はその顔に安堵《あんど》の表情を見た。違法薬物の泥沼から救い出し、真っ当な道に連れ戻した。そう信じたかった。だが、一方で世の中全体が泥沼だとしたら、果たして更生などできるのだろうか。泥沼を整地し、安全な世の中に変える。それが取締官の本当の仕事なのかもしれない。いずれは違法薬物の取り締りだけでなく、密輸、密売の取り締りをしたい。それこそが違法薬物が招く悲劇を失《な》くす最善の方法だと思っている。

パソコン画面に向かい、供述調書を書く。彩は水沢茜の明るい未来を想像しながら、キーボードに文字を打ち込んだ。

第一章　隻眼《せきがん》の女

1

三月十一日、午後五時十五分。

霧島彩は羽田《はねだ》空港国際線のローディングブリッジにいた。入国審査を終えたＮＬ０６１便の乗客たちが荷物受取のターンテーブルの前に並びだした。大連から羽田に到着したこの便の乗客八十四人の中からターゲットを探し出さなければならない。

コンビを組む税関職員とともに、ターンテーブルの周りを歩いた。

「見つけたらさりげなく。あんまりじろじろ見ちゃだめよ」

税関の若い男性職員は柴田《しばた》という。人懐っこく、従順なところが犬に似ていて、彩は勝手に柴犬というニックネームをつけていた。

荷物はビジネスクラスから順番に出てくる。ビジネスクラスに乗っているはずのターゲットは比較的早い段階で荷物を受けとるはずだ。特徴は黒い「リモワ」、ポリカーボネート製のスーツケースで、ガラスの二五〇倍の強度があるという。中に何を入れているのかはわからないが、衣類だけとは思えない。

目当てのスーツケースがターンテーブルの上を運ばれて来る。行き先を目で追った。その先にターゲットはいた。若い女がターンテーブルから黒いリモワを手に取り、まっすぐ税関のカウンターに向かって進む。

柴田に手で合図する。あからさまに後を追えば相手は警戒する。ここで気づかれては肝心の受け渡しの相手が特定できない。遠目にカウンターから女の様子を覗《うかが》った。

特徴的な目印は眼帯だ。右目に眼帯をつけているという情報が入っていた。青い花柄の旗袍《チーパオ》風のワンピースはビジネスマンが多い乗客の中で目立つ。

「ターゲットを発見」

イヤホンに囁《ささや》いた。会話は無線で空港周辺に潜《ひそ》んでいるすべての捜査員に伝わっている。空港の外、捜査車両で待機している主任の倉田《くらた》から返事が返ってくる。

「人着は？」

「青い花柄のワンピース。肩までの黒髪、身長一六五センチくらいで細め。右目に眼帯をつけています」

「顔は？」

眼帯で隠れていてよくわからない。客観的には美形だが、好みの問題のようにも思う。

「美人だとは思いますが――」

歯切れの悪い声で伝えると、倉田が聞き返した。

「思いますがなんだ？」

「いえ、倉田さんの好みかどうかは――」

倉田の女性の好みを聞いたことがない。そもそも興味もなかった。

「好みなんてどうでもいい。写真は撮れるか」

スマホのカメラを向ける。斜め後ろから全身を写す。すぐにメールで写真を送った。イヤホンから反応が返ってきた。

「なかなかの美人じゃないか」

「ああいうのが好みなんですね」

倉田は舌打ちしてから言い返した。

「いいから追尾《ついび》しろ」

女はスーツケースを転がしながら、税関申告書とパスポートを手に税関のカウンターに並んだ。

「七番カウンターに並んでいます」

「了解」

根回し通りなら何事もなく税関を通過できる。

女は順番を待ちながらスマホをいじっている。メールか、それともただの調べものか。この距離からはわからない。税関職員に呼ばれ、カウンターの前に進む。パスポートと税関申告書を職員に手渡した。職員は荷物を確認、パスポートと申告書をチェックして、そのまま通過という手筈《てはず》になっている。だが、次の瞬間、突然動物の鳴き声が聞こえた。オウンオウンという低い咆哮《ほうこう》。その声の主に目を向けて、何が起きたのか悟った。カウンターの背後にある税関の事務所から突然飛び出してきたのは一匹の麻薬探知犬だった。

「なんでワンちゃんが登場するのよ」

彩が聞くと、柴田が気まずい表情を浮かべて首を傾《かし》げた。柴田は犬に近づき、威嚇《いかく》するように睨《にら》むが、まるで効かない。訓練された麻薬探知犬に柴犬では相手にならなかった。柴田はリードを握るハンドラーと呼ばれる女性の税関職員に話しかけるが、職員は犬に引っ張られ、女の後を追いかける。探知犬は女をロックオンしてスーツケースに向かって駆け出した。探知犬には麻薬を探知した荷物をひっかくアグレッシブドッグと隠された麻薬を見つけ、荷物の前に座り込むパッシブドッグがいるが、どうやら登場した探知犬はアグレッシブドッグのようだ。リモワのスーツケースをひっかきながらターゲットの進路をふさごうとする。探知犬のリードを握るハンドラーの職員が女に何か話しかけている。

「まずい」

柴田では対処できないと判断した彩は、税関カウンターに向かって歩き出した。だが一足遅かった。女が税関職員に連れられていく。柴田も後を追いかけ、一緒に事務所に戻ってしまった。彩は女の背中を追いかけ、税関カウンターを通過しようとしたが、職員に呼び止められた。

「パスポートをお願いします」

女性職員に視線を向けた。

「急いでるんだけど」

もう一度視線を税関事務所に向けた。女の姿は消えていた。

カウンターを通り抜けようとすると、女性職員に腕を摑《つか》まれた。

「何してるんですか。早くパスポートを出しなさい。他の職員を呼びますよ」

何も知らない職員ならそう言うだろう。このまま女性職員を押しのけてもいい。だが、面倒を起こすと後々厄介《やっかい》なことになる。ポケットからパスポートの代わりに麻薬警察手帳を出して見せた。

「なんですか、これは？」

女性職員が目を凝らして黒い手帳を見た。やはり根回しが不十分だったようだ。事前に職員全員にブリーフィングをする段取りだったが、筋を通しておいたという大西《おおにし》情報官の一言を信用してしまった。

女性職員は手帳の文字を追う。ようやく事態に気づいたようで慌てて頭を下げた。

「そういうことだから、早く通しなさい」

「失礼しました」

霧島彩は職員に手で合図してカウンターを通り抜け、税関の事務所に向かった。

事務所に入るとすぐに女を探した。

女の名は周 美玲《ジオウメイリン》。歌舞伎町《かぶきちょう》で中国人クラブを経営している。店員のリクルートのために、年数回、大連と日本を往復している。このままターゲットを逮捕することになれば、せっかくの泳がせ捜査が失敗してしまう。

今回の捜査は中国の麻薬取締機関である公安部禁毒局から入った情報をもとに進めてい

る。ターゲットの周美玲は運び屋の疑いがある。密売組織はラブコネクション、即ち恋人や愛人関係を利用して薬物を密輸する運び屋として使っているのだ。こうした運び屋の摘発のため、厚生労働省の管轄である麻薬取締部は各国の取締当局と協力して捜査をしている。

麻薬取締部では捜査チームを立ち上げ、税関に協力を要請し、コントロールド・デリバリー（CD）に踏み切った。CDは麻薬特例法で認められた捜査手法であり、密売組織の解明のため、あえてターゲットを泳がせる捜査である。ここで現行犯逮捕してしまっては密売ルートへの手がかりを失ってしまう。あえて見逃して追跡、接触する組織を見つけ出すのが今回の捜査の目的なのだ。

CDには、万が一、ターゲットを見失った時に備えて薬物を無害なものにすり替えて追跡するクリーン・コントロール・デリバリーを採用する場合が多いが、「運び屋」の追跡では捜査が露呈してしまうリスクがある。そのため、今回はあえて中身をすり替えず、そのまま追跡するライブ・コントロール・デリバリーを採用した。万が一ターゲットを見失えば、薬物は市中に出回ってしまう。そのリスクをふまえての捜査であり、取締官に課せられた責任とプレッシャーは大きい。

事務所の中から犬の声が聞こえる。よく訓練されているのだろう。だが利《き》きすぎる鼻が今回は仇《あだ》になった。彩は税関事務所に入ると、近くにいる職員を捕まえた。

「ここの責任者は誰ですか」

男性の職員が立ち上がり、後方のデスクに座る中年男性に話しかけた。中年の職員が彩の前にやってきた。

「どうされました？」

「ここにワンちゃんと一緒に眼帯を着けた若い女が来ましたね。今どこにいますか」

職員は突然の質問に瞬《まばた》きをしながら聞いた。

「失礼ですが、どちら様ですか？」

彩は手帳を見せてもう一度聞く。

「マトリです。捜査中なんです。先ほど探知犬が反応した女性の乗客はどちらにいますか？」

職員は呆気《あっけ》にとられ、言われるままに答えた。

「奥の会議室で事情を聞いてます。出てすぐ右に入ったところです」

彩は事務所を出て会議室を探した。ここで踏み込むのは本意ではないが、仕方がない。

会議室のドアを開けた。

会議室の一角に置かれたテーブルに男性職員と中国人の若い女性が向かい合って座って

いる。既にスーツケースは開けられており、中身がすべてテーブルの上に出されていた。今のところ怪《あや》しい物は見つかっていないようだ。会議室に入った彩に男性職員が聞いた。

「どうされました？」

彩は職員の胸につけられたネームが入ったバッジを見た。加藤《かとう》と書かれていた。どうやらこの職員にも捜査の件が伝わっていないようだ。ターゲットに気づかれる前に対応しなければならない。

彩が加藤の耳元で囁く。

「少し外で話しましょう」

彩は加藤を連れて会議室から出た。加藤は怪訝《けげん》な表情を浮かべながら会議室を出た。彩は扉を閉めると、手帳を掲げた。

「厚生労働省の麻薬取締官です。水口《みずぐち》所長からこの件は任されています」

加藤は手帳を一瞥《いちべつ》すると、彩の身分を理解したように「ご苦労様です」と小声で挨拶《あいさつ》した。

「あのターゲットをすぐに解放してください」

「しかし、探知犬が――」

彩は加藤の言葉を遮《さえぎ》って厳しい視線を向ける。

「厚労省と税関の合同捜査なのよ」

「所長からは何も聞いていません」

「だったら後で聞いて。さもないと、あなた懲戒《ちょうかい》になるわよ」

「なんの権限があってそんなことを――」

言い終わる前に加藤のポケットから携帯の振動音が聞こえた。加藤が携帯に出る。何度か受け答えをすると、加藤は彩に後ろめたい表情で言った。

「失礼しました。後はお任せします」

ようやく所長から連絡が入ったようだ。その時、イヤホンから関西弁のダミ声が聞こえた。

「何しとんのや。はよう女を解放せんかい」

今回の捜査チームの責任者である大西情報官だ。

「わかりました。すぐに周を逃がします。後の尾行をお願いします」

「わかっとるわい、そんなもん」

イヤホンから声が途切れた。相変わらずむかつく関西弁だ。そもそも根回しがしっかりしていないからこんなことになるのだ。彩はため息をついて加藤に顔を戻した。

「あとは任せてください。私の方でお話を聞きます」

会議室に戻ると周美玲は憮然《ぶぜん》とした表情でスマホを見つめていた。彩が対面に座ると、周は中国語で尋ねた。

「你是谁《ニーシーシュイ》？」

事前の情報では周は日本語ができることがわかっている。あえて中国語で挑戦的に聞いているのだ。

「日本語できるわよね。さっきまで話してたでしょ」

周は口元を緩《ゆる》め、きれいな発音の日本語で答えた。

「あんた誰かって聞いているのよ」

「税関の職員よ」

「スーツケース開けるだけじゃ許してくれないってことね」

どうやら周は女性の職員が来たのを身体検査だと思ったようだ。

「スーツケースは問題なかったようね。一応ボディチェックもさせてもらうわ」

彩は立ちあがり、周のそばに近づいた。

「悪いけど外から確認させてもらうわね。立ち上がって真っ直ぐこっちを向いて」

周は言われた通り椅子から立ち上がった。頭からつま先までを見る。体の線がよくわかる旗袍風の青いワンピース。ぱっと見で何かを隠している感じはない。

「なんならこの服脱いでもいいわよ。そのほうが手っ取り早いでしょ」

こちらが言う前に、自分から疑いを晴らそうとする。そう言われると引き下がれない。ここで結構ですと言うと余計に怪しい。

「では念のためお願いできるかしら」

周は慣れた仕草でワンピースを脱ぎ、下着姿になった。

彩は全身をくまなく観察した。きれいな体だ。肌は白く艶《つや》がある。腕にも足の付け根にも注射痕は見つからない。血色も良く、肌が荒れている様子もない。中毒者特有の特徴は見当たらない。

あえて気になるのは眼帯だ。あの中にも何かを隠すことはできる。

「目はどうしたの？」

「怪我よ。まさか外せっていうの」

挑発しているとは思えない。それに何か見つかればその先の追跡ができない。彩は首を横に振った。

「いいえ、大丈夫よ」

女は挑発するような表情で彩を見た。

「下着も取ったほうがいいかしら」

下着の中に隠しているケースもある。女性であれば性器の中に隠すこともできる。下着を取っただけでは不十分だが、あえて聞く態度から考えても、そこまで調べる必要はないだろう。

「結構よ」

女性はもう一度口元を緩めた。

「もう服を着てもいいかしら」

「ええ。嫌な思いをさせてすみませんでした」

女はそのままワンピースを着て、スーツケースを手に取った。

「これで疑いは晴れたわね。行ってもいいかしら」

彩は頷《うなず》いた。

「外までご案内します」

「ところであなた本当に税関の職員なの？」

「ええそうですが、何か？」

「だって制服着てないし、なんだか目付きが鋭くて警察みたいだから」

周は必要以上に警戒してしまったようだ。ここはとぼけるしかない。

「制服を着ていない職員もいます。内勤なので普段からスーツなんです」

「そう、まあいいわ」

周を税関事務所の外まで案内して見送った。

なんとかここは切り抜けた。周の後ろ姿が到着ロビーの先へと消えるのを確認してから
ヘッドセットに話しかけた。

「今到着ロビーに出ました。後を頼みます」

「わかった」

倉田の声が返ってきた。続けて関西弁が聞こえた。

「見つからんよう、はよう戻ってこんかい」

大西の嫌味にはうんざりしたが、気を取り直して税関事務所に戻った。

税関事務所に顔を出すと、会議室にいた加藤という職員を見つけた。彩は加藤の前に立った。

「先ほどは突然失礼しました。ただ、これは正式に認められた捜査なので」

加藤は不満をぶつけるように彩を睨んだ。

「あの探知犬はハナコといってこの税関で一番感度が高い。あの女、確実にクロだ」

「それはわかっています。ただ、今回は泳がせですから」

「泳がせだろうがなんだろうが、かなりの量のブツを持っているはずだ」

それはわかっている。探知犬の能力は高い。薬物所持は間違いない。一見スーツケースの中には怪しいものはなかったが、細工されている可能性がある。スーツケース以外にも下着の中や眼帯の中も怪しい。運び屋が体の内部に薬物を隠して入国するのは常とう手段だ。事前に入っている情報では、周はこれまでも中国と日本を往復しながらシャブの密輸を繰り返している。問題は密輸した薬物の行き先だ。その先の捜査はマトリの仕事だ。

彩は加藤にもう一度捜査について説明した。

「事前の連絡に不備があったようです。ハナコちゃんの嗅覚《きゆうかく》は信用しています。ここから先は厚労省にお任せください」

加藤は納得のいかない表情で彩を見つめていたが、彩はもう一度頭を下げて、事務所を後にした。

2

霧島彩は羽田空港国際線ターミナルのロビーを走り、空港ビルの外に出た。捜査車両の黒いワンボックスを探した。コンコースに停車している黒のグランエース、そのフロントガラスに大西の顔を見つけた。彩は周囲に気を配りながら車に乗った。車は急発進した。

車には大西以下、特捜チームの取締官四人が乗っていた。

彩が三列シートの真ん中に落ち着くと、助手席から関西弁が聞こえてきた。

「なんか揉《も》めとったようやな」

彩は無線で周とのやり取りを聞かれていたことを思い出した。

「なんとかあの場を収めようとして――」

「それはええけど、ターゲットに顔を見られたんは失敗やったな」

あんたの根回しが甘いからでしょう、と言いたくなったが言葉を飲み込んだ。

「せやけど犬が食いついたちゅうことはクロやな」

「間違いないですね」

訓練された探知犬は微量の覚せい剤にも反応する。臭気を隠すため、あえて臭いの強いハーブや香料と一緒に隠す密売人もいるが、犬の嗅覚はそれ以上に鋭い。

「で、どこに隠しとんのや」

「恐らく下着の中か、眼帯の下でしょう」

「なるほどなあ。せやったらフダ取って身体検査やな」

身に着けた薬物を押収するためには、捜索差押許可状が必要だ。大西はスマホで事務所に待機している取締官に令状の申請を依頼した。

「よっしゃ。後は受け渡しの現場を押さえて現行犯逮捕や」

周は持ち込んだ覚せい剤を密売人に渡すはずだ。そこが逮捕のチャンスだ。周を尾行するために別のチームが空港ロビーで待機している。

無線に取締官の声が入る。

「周が多目的トイレに入ります」

「周囲に警戒せえ」

「異常ありません」

しばらく沈黙が続いた。内偵には粘りが必要だ。接触する人、立ち寄り場所をすべて見逃さないように大人数を投入してバックアップしている。

「周がトイレを出ます」

「スーツケースは?」

「持っています」

「一人残ってトイレを監視や」

大西の指示が出る。尾行は二人一組でついており、疑わしい動きは徹底的に監視している。

無線のイヤホンに耳を傾ける。五分後、尾行していた取締官の一人が無線に報告した。

「多目的トイレに男が入ります」

「人着は？」

「黒いスーツにサングラス。手には何も持っていません」

「見逃したらあかんで」

無線に集中する。一分後、取締官から連絡が入る。

「男がトイレを出ました。手にスーツケース」

大西が口角を上げて無線で指示を出す。

「しばらく後をつけてから確保や」

大西は、車に乗っていた倉田と杉本《すぎもと》にも指示を出した。

「男を確保や。男が空港を出る前に押さえるんや」

倉田と杉本が車を降りた。

「トイレでスーツケースを入れ替えた」

彩が大西に言うと、大西が口元を緩めて言い返した。

「そうや、女もクロやな」

大西は無線で周を尾行している速水《はやみ》に指示を出した。

「女も確保や。霧島が応援に行くさかい、合流して事務所で聴取するで」

大西が彩に目配せした。彩は頷いて車を降りた。無線で速水に連絡を取る。

「今どちらですか」

「国際線ロビー二階の中央エレベーターの前だ。タクシー乗り場に向かっている。急げ」

彩は到着ロビーを走り、エレベーターで一階に降りた。出てすぐにタクシー乗り場がある。タクシーに乗り込むと追尾が厄介だ。エレベーターを降りると、速水の姿を見つけた。その先で女がタクシー待ちの列に並んでいる。速水に目配せすると、さりげなく周の両脇に挟《はさ》み込むように並び、周の腕を摑んだ。周が振り向くと、速水が麻薬警察の手帳を見せた。

「悪いが事務所までつきあってもらう」

周は速水の掲げる手帳に目を向けると、体を反転させようとした。彩が遮るように周の正面に立つ。

「あんたさっきの――」

「また会ったわね」

「やっぱり警察だったのね」

周が彩を睨む。彩は周の腕を摑んで言い返した。

「警察じゃないわ。マトリよ」

速水が無線マイクに向かって報告を入れる。

「周を確保。事務所に戻ります」

大西が無線に言い返す。

「了解。男も押さえたで。引き上げや」

捜査は二人の密売人を確保し、終了した。

3

午後九時。彩たちは周と密売人の男を乗せて事務所に引き上げた。関東信越厚生局麻薬取締部は九段下《くだんした》の合同庁舎にある。事務所には取調室もあり、被疑者の聴取ができる。周と男をそれぞれ聴取するために速水と鷹村《たかむら》が別々の取調室に入った。彩は大西と倉田とともに、鑑定課の部屋に向かった。

「スーツケースの中身を調べろ」

倉田が鑑定課の女性鑑定官である吉沢《よしざわ》に指示する。見つかった薬物は鑑定で規制薬物だとわかった段階で本試験、確定後に鑑定書が作成される。

男から押収したスーツケースを吉沢が開いた。中から衣類やポーチが出てきた。

税関で中を検《あらた》めたときに見かけた周の所持品の類が入っている。多目的トイレで別のスーツケースとすり替えたのだ。倉田が周から押収したスーツケースを開く。中には必要最低限の衣類と日用品が入っていた。倉田が彩に視線を向けた。

「どうだ？」

「中身が違います。やはり入れ替えられています」

「よっしゃ、分解せえ」

大西が指示を出すと、吉沢はカッターを手に、男から押収したスーツケースの内側の布を切り裂いた。布を開くと中からビニール袋に入った白い粉が出てきた。

「他にもあるんちゃうか」

吉沢は反対側の布にもカッターを入れる。中をまさぐると同じようなビニール袋が発見された。

「あわせて一キロ。末端価格でざっと七千万やな」

大西が顔をにやつかせながら言った。覚せい剤の末端密売価格は一グラムあたり六～七万円程度、即ち一キログラムで七千万円。海外の密売組織からの仕入れ価格は一キログラム数百万円、利ザヤが大きいため、密売業者には多大な利益が入る。こうした事情から、日本は覚せい剤の一大マーケットとなり、密売業者はあらゆる手で覚せい剤を密輸している。

倉田が吉沢に目配せする。

「予試験を頼む」

予試験は、本試験の前に薬物に覚せい剤の成分であるアンフェタミンやメタンフェタミンが含まれているかどうかを調べる検査で、覚せい剤取り締りの現場で広く行われている。

吉沢は押収した白い粉末を試験管に入れ、シモン試験薬を滴下した。覚せい剤の成分を含んでいれば、試薬が青藍色に染まる。試験管を振って変化を見た。試薬は青藍色に染まった。

「よし、これで起訴できるな」

倉田が言うと、大西が指示を出した。

「二人を聴取や。男は倉田に任す。女のほうは引き続き鷹村が聴取。一応尿検査もやるかもしれんから、霧島がフォローせえ」

彩は頷いて、周が入った取調室に向かった。

四番の取調室を覗くと、周が不貞腐《ふてくさ》れた顔でテーブルの前に座っていた。鷹村が周に質問しているが、周には答える気がないようだ。鷹村は彩よりも三つ年上、中堅の取締官だ。

通称〝鷹の目〟。視力が良く、内偵を得意としている。取り調べにも一定の技術を持っている。

彩は鷹村に声をかけた。鷹村は聴取を中断して、取調室から出た。

「ばっちり出ました。スーツケースから一キロです」

「そんなに出たのか」

鷹村の驚きももっともだ。一度にキログラム単位の押収はなかなかない。

「そっちはどうですか」

鷹村は顔をしかめた。

「知人にもらったスーツケースだと言っている。覚せい剤が入っているなんて思いもしなかったと」

ラブコネクションではよくある言い逃れだ。中に違法薬物が入っているとは知らずに荷物を預かる。友人に渡してくれと海外の交際相手に頼まれ、覚せい剤の運び屋として利用されるという手口は、主にアフリカ系の密売組織の常とう手段だ。

「スーツケースの入れ替えは?」

「取り違えたのかもしれないと言っている」

スーツケースの入れ替えは多目的トイレで行われた。シャブが発見されていることから、周が運び屋であることは間違いない。だが、所持していたという証拠がない。覚せい剤取締法の所持を立証できなければ、起訴はできない。

「自白させるしかないか」

鷹村が渋々言った。彩は頷いた。

取調室に戻ると周が彩に目を向けた。強い敵意を感じたが、彩は無視して部屋の隅にあるデスクについた。鷹村が周に詰問する。

「あんたが持っていたスーツケースから大量の覚せい剤が発見された」

周は驚いた様子もなく言い返した。

「何かの間違いでしょう。私、何も知らないわ」

「あんたは知らなくても誰かに持たされたんだ。あのスーツケースをどこで手に入れた」

「私が自分で買ったものよ」

「誰かにもらったものじゃないのか」

「違う。自分で買ったのよ」

「どこで買ったんだ」

「中国のお店、場所は忘れた」

どうやら最後まで恍《とぼ》ける気だ。彩は立ち上がり、鷹村に代わるように言った。鷹村が彩に席を譲る。彩は持ってきたノートパソコンをテーブルに置き、周に向かい合った。

「あなたマトリって言ったわね。こんなことしてただで済むと思わないで」

周の挑発を無視して彩は聞いた。

「あなたこの女性を知らない？」

彩は持っているノートパソコンの画面を周に見せた。周の表情を凝視する。一瞬だが視線が泳いだ。しばらく間が空いた後、周は首を横に振った。

「知らないわ」

嘘をついている。直感でわかった。だが、立証はできない。

「出身はどこ？」

「大連《ダーリエン》よ」

「大連にはよく行くの」

「ええ、実家があるからね」

「お店の場所は新宿《しんじゅく》ね」

事前に周の情報はすべて調べている。歌舞伎町にある中国人クラブ。女性はすべて中国人。だとすれば彼女たちも運び屋にされている可能性がある。

「そうだけど、私の店がどうかしたの」

「働いている女の子の出身は？」

「大連の子が多いわね」

「わかったわ」

「じゃあ、そろそろ行ってもいいかしら」

彩は鷹村に視線を向けた。鷹村は頷いて、立ち上がると取調室を出た。彩が追いかける。

「どうするつもりだ」

「周は王華《ワンホワ》とつながっている可能性があります。周と店を内偵しましょう」

中国の東北地方を拠点とするマフィア、王華の老板《ラオバン》である王華徳《ワンホワディ》。店が王華と関係していれば、内偵することで王華につながる糸口が見つかる。

「大西情報官に相談しよう」

鷹村はそう言って事務所に戻った。彩が待っていると、鷹村は三分ほどで事務所を出てきた。

「大西情報官から許可が出た。周を泳がせる」

「尾行は？」

「俺たちは面《めん》が割れている。捜査課に応援を頼もう」

鷹村はスマホで連絡を取り、段取りを終えて、取調室に戻った。彩もその後に従った。

周は相変わらず不機嫌そうに嚙みついてきた。

「いつまで待たせるつもり。こっちも暇じゃないのよ」

鷹村が周に伝える。

「許可が出た。もう行ってもいいぞ」

「ちょっと何よ、その言い方。こっちは何の罪もないのに時間取られたのよ」

彩が前に出て、頭を下げる。

「失礼しました。ご協力感謝します」

周は鼻を鳴らし、不機嫌そうに席を立った。鷹村と彩がエレベーターまで見送る。周はぶつぶつと文句を言いながらエレベーターに乗った。鷹村がスマホで取締官に連絡を取る。階下で待っている取締官が周を尾行する手筈になっている。

「うまく尻尾を出してくれればいいが」

鷹村の心配に彩も頷いた。運んできたシャブが押収された。密売組織は警戒して、周を運び屋として使わなくなるだろう。

「ひとまずシャブは押さえたし、密売人も逮捕した。成果としては十分だ」

鷹村が引き上げようとした時、振動音が聞こえた。鷹村が上着のポケットからスマホを取り出して通話に出た。突然、鷹村の表情が歪《ゆが》んだ。

「なんだと、今どこだ？」

声を荒らげる鷹村を見て、嫌な予感がした。

「わかった、すぐに行く」

電話を切った鷹村は深刻な表情で彩を見た。

「たった今、周が殺された。刺されたそうだ」

「刺したのは？」

「わからない。それらしき男を見つけて途中まで追いかけたが見失ったそうだ」

彩は窓の傍《そば》に寄り、階下を見た。人だかりができている。

「警察には？」

「通報した。まもなく、機捜が駆け付ける」

これで周につながる糸は完全に切れた。殺人となると、警察が動く。麻取は手を出せない。

「現場に行ってみよう」

鷹村の後についてエレベーターで一階に降りた。庁舎のエントランスを出て、二十メートルほど先の歩道に人が集まっている。庁舎を出ることを見越して待ち伏せされたようだ。

人ごみをかき分け、周を探した。

尾行していた取締官が側道に立っていた。鷹村が聞いた。

「どうだ？」

取締官は首を横に振って視線を道路に向けた。周が歩道にうつ伏せに倒れていた。周の体から道路に赤黒い血が流れている。鷹村が周の肩を摑んで、仰向けにした。胸に真っ直ぐにナイフが突き刺さっている。刃渡り二十センチ程のナイフは刃の部分がほぼ胸に埋まっており、正確に心臓を貫いている。プロの仕事に違いない。鷹村が周の首筋に指を当て、脈をとるが、すぐに首を横に振った。恐らく即死だったはずだ。周の顔から眼帯が剝《は》ぎ取られていた。彩は顔を覗き込んだ。眼帯を着けていた右目には眼窩《がんか》しかない。眼球の部分が窪みとなっており、小さなビニール袋なら収まる程度のポケットになっている。

「鷹村さん、これ」

彩が指さすと、鷹村も気づいたようだ。

「眼球がない。まさか――」

眼窩の中にシャブを隠していた。眼帯をつけていたのはそのためだ。

鷹村の歪んだ表情を見ながら、彩は拳《こぶし》を強く握りしめた。次の瞬間、パトカーのサイレンの音が近づいてきた。

4

午後十時。周の死亡現場から引き揚げた彩は報告書をまとめていた。そんな矢先、大西が緊急会議を招集した。大西チームは七名。全員が帰宅せず事務所に残っていた。会議には部長の黒木《くろき》も参加している。

コの字に並んだ机の中央に座る大西は心なしか機嫌が良さそうだった。押収した覚せい剤、密売人の逮捕という成果を上げたからだろう。だが、彩の気分は最悪だった。被疑者である周美玲を殺されたうえに、眼帯で隠していた眼窩に覚せい剤を隠し持っていた。その覚せい剤は殺害した何者かに持ち去られてしまった。

取締官が揃うと、黒木部長が話を切り出した。

「中国当局からの情報で運び屋と密売人を特定、覚せい剤一キロを押収することができた。普段の地道な捜査も重要だが、我々に求められているのは実績だ。今回の捜査では現物の押収と密売ルートの解明につながる大きな成果があった。引き続き当局と連携してさらなる密売ルートの解明、違法薬物の押収に努めていただきたい」

部長の訓示を受けて、大西がいつもの関西弁で話を継いだ。

「逮捕した密売人は三好達也《みよしたつや》。伯龍会《はくりゅうかい》の傘下《さんか》、晄仁会《こうじんかい》の元構成員や。過去に二回シャブで捕まっとる」

伯龍会は関東の博徒系ヤクザで広域指定暴力団だ。今回のように、密売組織と密輸業者が直接つながるのは珍しい。大抵、違法薬物は何人もの運び屋や仲介業者など複雑なルートを辿《たど》って末端まで流通している。それだけ中国当局の情報の精度が高かったということだ。大西が先を続ける。

「三好は調べでも口を割らんさかい、組織的な犯行を認めとらんが、王華と伯龍会がつながっとるのは間違いないやろう」

鷹村が大西に質問する。

「その王華ってのはどんな奴らなんですか」

大西が何度か頷きながら答える。

「たしかにこれまで麻薬密輸組織としてはあんまり聞かんかった名前やな。つい最近までは蛇頭《じゃとう》の親玉で人身売買がメインのビジネスや思うとった。ところがや、わしの知り合いの中国当局の捜査員が、ここ数年麻薬ビジネスに手え出し始めたちゅうネタを摑んどる。これまでシャブの密輸は上海《シャンハイ》や福建《ふっけん》の組織が牛耳っとったが、これがほんまなら新しい密輸ルートが出来たんかもしれんな」

取締官たちが顔を見合わせた。

鷹村が大西に疑問を呈した。

「しかし、中国の東北エリアの組織が密輸をしているとしたら製造拠点はどこにあるのでしょうか」

中国の麻薬、特に覚せい剤の密造拠点は主に福建省や雲南《うんなん》省など華南が多かった。

大西が眉をひそめて答える。

「これまで福建省あたりの産地から台湾、上海を経由して密輸されとったのは立地的に有利やからや。華南で造られたシャブをわざわざ東北まで運ぶとは考えにくいな」

「だとすれば新たな製造拠点が？」

鷹村の疑問に大西は渋い顔をした。

「大連は東北最大の輸出港や。遼寧《りようねい》省のすぐ隣は北朝鮮や。北朝鮮から大陸を経由して輸出されとっても不思議やない」

大西の言う通り、覚せい剤の密造地は「白三角《ホワイトトライアングル》」と呼ばれている。中国、フィリピン、そして北朝鮮がその代表的な密造地である。

「せやが、これまでシャブの運搬方法は瀬取りやった。ロシアや中国の業者は漁船を借りてシャブをぎょうさん積んで海に放りこんどった。せやが王華のやり口はボディキャリーや。運び屋のネットワークを保有しとるいうことやな」

大西が掴んだ情報は新たな密輸ルートを浮かび上がらせるものだった。

倉田が後を引き継ぐように説明を加えた。

「今回運び屋になった周美玲は、三好の愛人という情報だ。これまでも数回シャブを日本に持ち込んでいる可能性がある。残念ながら周は消されてしまったが、いずれ警察の捜査で犯人はわかるだろう。伯龍会、王華どちらかはわからないが、殺し屋に始末させたのは間違いない」

彩は、周を襲った殺し屋について想像を巡らせた。

周は刃渡り二十センチメートル程度のダガーナイフで心臓をひと刺しで殺された。銃を使うよりも確実で、周囲にも目立たない。肋骨の隙間から正確に心臓を狙うには、それなりの腕が必要だ。殺しに慣れたプロでなければなかなかできるものではない。しかも、周が抵抗しなかったとすれば、顔見知りの可能性が高い。眼窩に隠したシャブを奪ったのは回収と証拠隠滅の両方だろう。密売ルートを探られないための後始末と考えられる。

大西が突然、彩に目を向けた。嫌な予感がした。

「おい、霧島。聞いとるんか。周が隠しとったシャブを見落としたんはおまえやろうが」

大西に名前を呼ばれ、彩は奥歯を嚙みしめた。

「まあ、押収したシャブからしたら、ゴミみたいなもんやが、そのゴミが新たな中毒者を生み出すんやで」

そんなことは言われなくてもわかっている。大西のねちねちとした嫌味に辟易《へきえき》しながら、彩は独りごちた。

「まあ、過ぎたことはしゃあない。周殺しは警察に任せるしかないわ。霧島、明日朝一で麹町《こうじまち》警察署に行ってこい。事情聴取で刑事課から呼ばれとるんや。ええな」

彩は渋々返事をした。

「他にも運び屋に関する情報が入っとる」

大西が隣に座っている倉田に目配せした。倉田は書類を配布した。配られてきたA4サイズの書類には、マル秘と通しナンバーのスタンプが押されている。七枚の紙それぞれに写真と名前、国籍、性別、年齢などの情報が書かれていた。さらに、住所や勤務先なども書き込まれている。七人のうち、五人は死亡のスタンプが押されていた。彩はページをめくりながら、その一枚に周美玲を見つけた。死亡のスタンプが生々しく押されている。さらにページをめくると、一枚の写真を見て思わず声を上げそうになった。名前と写真に見覚えがある。岬《みさき》あかり。かつて彩が逮捕した元女優だ。

倉田は書類が行き渡ったのを確認してから、説明を始めた。

「今配ったのは中国公安部禁毒局が入手した運び屋のリストだ。身元を確認したところ、七人のうち、五人は死亡していた」

そのうちの一人が、今日殺された周というわけか。

倉田が先を続ける。

「つまり、あと二人は生きているということだ。次のターゲットはその二人だ」

倉田の説明の後、大西が口を挟む。

「倉田がターゲット言うたが、これはブラックリストや。周が殺されたことで、このリストは死に筋の運び屋のリストになったんや。運び屋として使われとったからには、密売人と接触しとったはずや。なんかしらの手がかりはあるはずや」

倉田が大西の説明を補足する。

「密売組織は情報漏洩《ろうえい》を恐れてこの運び屋を始末するかもしれない。そうなる前にリストの人間を見つけ出して、情報収集をしてほしい」

彩はページをめくった。生きている二人の運び屋のうち、一人は新宿区在住の中国人ホステス、楊文香《ヤンウエンシヤン》。推定年齢二十八歳。新宿の中国人クラブ『麗《れい》』に勤務。出身は瀋陽。二年前から日本に在住。そして問題はもう一人の運び屋だ。岬あかり。本名は水沢茜。大連在住の元女優。

「それぞれ二チームに分かれて、身元と所在を確認してほしい」

倉田の指示に彩は手を挙げた。

倉田が彩に視線を向けた。

「なんだ、霧島」

「リストにある元女優を知っています」

「なんやて。おまえ、なんで運び屋を知っとんねん」

大西に聞かれ、彩は答えた。

「以前、捜査課にいた頃、覚せい剤とコカイン所持で逮捕した女性と思われます」

「間違いないんか」

彩はもう一度写真を見た。逮捕する前、まだ女優として活躍していた頃のものだ。彩は水沢を二度逮捕している。岬あかりは人気が出始めた頃、スキャンダルに巻き込まれ、その時、覚せい剤に手を出して逮捕された。初犯では執行猶予がついたが、コカインの所持で再逮捕、実刑となった。水沢は出所したら母親が暮らす大連に移り住むと言っていた。罪を受け入れ、更生していると信じていたが、まさか運び屋となっていたとは。

「どうなんや、霧島。自分で逮捕したんなら間違わへんやろう」

「はい。間違いありません。水沢茜です」

「それやったら当時の捜査資料があるはずやな」

大西の指示に彩は返事をした。倉田がチーム編成について指示を出す。

「水沢茜は霧島に任せる。もう一人の楊文香は鷹村が担当しろ。新しい情報が入ったらすぐに大西情報官に報告すること。以上だ」

倉田が大西に視線を向ける。

「ほな、今日はこれで解散や。明日からもよろしゅうたのんだでぇ」

大西の号令で会議は終わった。彩はもう一度水沢茜の写真を見て、ため息をつきながら、席を立った。

5

午後十一時半。彩は残務を終えて九段下の事務所を出た。終電はまだあるが、肩がずっしり重く、全身に疲労が溜まっている。電車に乗る気がしない。街道へ出てタクシーを拾った。

行き先を告げ、シートベルトを締めると、背中をシートにつけて、しばらく目を閉じた。頭に浮かぶのは水沢茜のことだった。

水沢が出所したのはいつだろうか。確か一年の実刑だったはずだ。逮捕したのが二年前だから、一年前には出所していたことになる。日々の忙しさにかまけて、連絡を取らなくなっていた。

麻薬取締官は矯正官でも保護司でもない。起訴後、刑が確定した受刑者のその後の面倒を見る義務はない。だが、薬物事犯の多くが再犯を繰り返す。中には刑期を終えた足で真っ直ぐ密売所に行き、薬物を買って再逮捕された者もいる。逮捕の瞬間まで、水溶液の入った注射器を手に、せめてこの一本だけは打たせてくれと懇願《こんがん》する依存者もいる。

覚せい剤の精神依存は意志の力で抑制できるような甘いものではない。薬効が切れると、反跳《はんちょう》現象と呼ばれる反応が出る。強烈な疲労感や脱力感、抑うつ気分は覚せい剤の効果が切れると反動として現れる。重度の依存者が薬物を断つと、幻覚や妄想に襲われ、精神疾患を引き起こす。さらに一度依存症から抜け出したと思っても、脳は覚せい剤の快感を忘れられない。覚せい剤を体に入れた瞬間の、髪が逆立ち全身が溶けるような快感を脳が記憶している。無理に薬物を断とうとして我慢すると、その反動で過剰摂取した時に急性中毒に陥るケースもある。

過去、彩は覚せい剤の拮抗薬を使って人為的に薬物を断とうとした依存者が、急性中毒で死亡するという事件に遭遇したこともある。一度薬物依存に陥ると、二度と抜け出せないというのは、あながち嘘ではない。

水沢茜の場合は、依存症ではあるが軽度だった。社会復帰は可能だと思っていたが、薬物依存症の患者を支える環境や制度がこの国にはない。水沢が中国に渡ったのは、薬物事犯に厳しい中国で再起を図ったからだ。だが、中国は覚せい剤の供給源でもある。どこで道を誤ったのかはわからないが、手を差し伸べられなかったことに彩は少なからず責任を感じていた。

タクシーは首都高に入り、レインボーブリッジを渡っていた。湾岸の夜景が醸《かも》し出すもの悲しさが彩の心をくすぐった。

薬物依存は理性や意志だけで克服できるほど甘くない。そして、違法薬物は人の弱さや心の隙《すき》を狙って忍び寄る。

これまで様々な悲劇を目にしてきたが、めげそうになる気持ちを奮い立たせてきたのは、違法薬物に対する怒りだった。だが、いくら戦っても違法薬物はなくならない。悲劇は続き、犠牲者は増えていく。そんなものを目にするうちにすっかり心が消耗してしまった。

窓に映る自分の顔がひどく疲れて見えた。仕事をしていると、時々めまいや動悸がする。ストレスが溜まっているのは自分でもよくわかっている。感情移入することで、自らも知らず知らずに負担を背負ってしまっているのだ。

彩は目を瞑《つむ》り、嫌な思い出を頭から追い払おうとした。無心。マインドフルネスのための呼吸法を試す。ゆっくりと息を吸って、吐き出す。濁《にご》った心の澱《おり》を全身から吐き出すように何度か深呼吸を繰り返した。

しばらくしてから目を開けると、幾分心が軽くなっていた。迷いを振り切って、スマホから水沢茜の番号を検索する。番号は残っていた。いつでも電話は出来たはずだ。だが、過去に出来なかったことを後悔するよりも、今、出来ることをやるべきだ、

スマホを耳に当てる。コール音は海外のものだった。何度かコール音が続いた後、中国語のアナウンスが流れて通話が切れた。水沢はまだ中国にいる。着信は残ったはずだ。水沢が気づけば、コールバックしてくるだろう。

気が付けばタクシーがマンションの前で止まっていた、

「お客さん着きましたよ」

運転手に促され、彩は慌《あわ》ててお金を払って、タクシーを降りた。

エレベーターで二十二階に上がる。部屋に入り、カバンを置いて、ソファーに体を預ける。一息ついたところで、テレビをつけようとしたとき、スマホに着信があった。海外からだ。

「霧島です」

しばらくの沈黙の後に懐かしい声が聞こえた。

「水沢です」

茜は本名を名乗った。

「久しぶりね。まだ中国？」

「ええ、ご無沙汰しています」

「元気にしてた？」

「なんとかやっています」

「中国の生活はどう？」

出所してからのことには触れなかった。今、どんな生活をしているか、それが大切だ。

「なんとかこっちで仕事を見つけてやってます。彩さんは？」

「まあ、相変わらずね。仕事って何をしているの？」

少し間があったが、茜は口調を変えずに答えた。

「日本語教師です。大連は日本語教育が盛んで、勉強したいっていう学生がたくさんいるんです」

女優を辞めたかどうかは聞けなかった。ただ、いずれまた女優に復帰したい。取り調べで水沢茜はそう話していた。

「順調そうで安心したわ。ところで日本に来ることはあるの？」

「ええ、時々」

「今度帰国したら、久しぶりに会わない？」

乗ってくれるかどうかは賭けだった。

「わかりました。じゃあ、予定が決まったら連絡します」

「ありがとう。元気で頑張るのよ」

「ありがとうございます。会えるのを楽しみにしています」

電話を切った後、緊張で肩が強張《こわば》っていた。なんとか話を合わせ、会う約束を取り付けた。口約束で当てにはならないが、少なくとも水沢茜の様子はわかった。中国に住み、現地で仕事をしている。そして、時々日本に戻ってきている。運び屋としては恰好《かっこう》のターゲットだ。

ソファーから立とうとしたとき、スマホが震えた。茜からショートメールが届いた。

〈久しぶりに話せてよかったです。いずれ日本で会いましょう〉

彩はすぐに当たり障《さわ》りのない返信を送った。

〈楽しみにしてる。また連絡してね〉

時間は午前一時を回っていた。まだ興奮している。このままだと眠れそうにない。以前心療内科でもらった安定剤を一錠口に放り込んだ。そのまま服を脱いで、バスルームに入り、熱いシャワーを浴びた。

第二章　女王降臨

1

翌朝、三月十二日、午前八時。

彩は麹町警察署を訪ねていた。九段下は管轄する麹町署にとってお膝元《ひざもと》だ。自分たちのシマで厄介ごとを起こされた警察はさぞや怒っているだろう。

彩は面識がある生活安全課の村尾《むらお》を通して、刑事課の聴取に協力することにした。今回は殺しが絡んでいるうえに、組関係のあれこれも関わるため、組織犯罪対策係も同席するという。本来なら大西が同行して事情説明をするところだが、大西は彩にすべてを任せたうえ、捜査情報を漏《も》らすなと言う始末。お役所体質の権化《ごんげ》である大西は厚労省の職員であるマトリが警察よりも格上だと思っているのだ。

違法薬物捜査に関して警察と麻薬取締部は役割上重複しており、過去には捜査機関を統一するという議論もあった。だが、警察とマトリはそれぞれ得意とするところが違い、独自の捜査手法で取り締りを担っている。薬物に関する知識や専門性においてはマトリが強いが、組織力では警察の足元にも及ばない。全国に五万人の捜査員を擁《よう》する警察に対して、マトリの人員はわずか三百人足らず。そのため、組織捜査では警察にはかなわない。

警察署に入り、生安課の村尾を呼び出した。村尾は四十過ぎで警部補。現場たたき上げの薬物担当の刑事だ。時々情報交換することもあり、彩は何かと頼りにしている。村尾が出てくると、彩は頭を下げた。

「村さん、お久しぶりです」

村尾は彩に合図してから周囲を見回した。

「おう、今日は彩ちゃんだけか?」

「はい、何か問題でも」

「いや、お偉いさんも一緒かと思ってよ」

当然だろう。殺しが絡んだ事件で、しかも取り調べをしていた被疑者が殺されているのだ。その後始末を警察に丸投げしたまま、協力しない。だが大西の無神経ぶりはいつものことだ。

「こっちは強行犯と組対《ソタイ》が同席するよ」

　こっちは一人、しかも下っ端だ。それも、大西からは捜査情報を漏らすなと命じられている。おまけに相手が三人であるのに対して孤立無援。気が滅入《めい》る。

　会議室に入ると、厳《いか》つい顔の刑事が二人座っていた。二人とも彩を見て怪訝な表情を浮かべた。

「刑事課強行犯係の菊池《きくち》警部補と組織犯罪対策係の桜井《さくらい》警部補です。こちらは麻薬取締官の霧島さんだ」

　菊と桜のコンビは、警察というよりもヤクザのような雰囲気だった。インテリヤクザ風の菊池と昔気質《かたぎ》の任侠《にんきょう》ヤクザの桜井。権威を誇示しているかのような二人の刑事を前にすると威圧感があった。二人とも階級は警部補、麻薬取締官は組織は違えど、階級は警察の警部に相当する。

　年齢や経験は下でも階級は上だ。臆することはない。

　菊池が彩に質問した。

「まさかお一人で来られたのですか」

　彩は何か文句ありますか、と目で訴えた。

　席につくと、早速マル暴の桜井が噛みついてきた。

「殺し絡みの案件で下っ端が一人だけか。随分となめられたもんだな」

厚労省は格上の省庁だが、相手が若い女性となると容赦しない。桜井は怖い目つきで彩を睨んだ。

「すみません。生憎《あいにく》人手不足なもので」

彩は村尾に視線を向けて助けを求めた。

「霧島さんはベテランの取締官だし、これまでも捜査に協力してもらってる。今日のところは霧島さんの話を聞こうじゃないか」

同じ階級の村尾が諫《いさ》めたことで桜井はおとなしくなった。味方になってくれるのはありがたい。普段から付き合いがあると助かる。

インテリヤクザ風の菊池が話を進めた。

「では本題に入りましょう。そちらの捜査情報と被害者の周美玲《ジオウメイリン》について教えてください」

三人の刑事の中で一番冷静そうな菊池だが、のっけから核心を突いてくるところを見ると頭が切れそうだ。

「中国公安部からの情報が発端《ほったん》でした。周美玲を内偵、薬物所持の疑いで逮捕しました」

「容疑というのは？」

「周美玲は覚せい剤の運び屋です」

「逮捕しておきながら釈放したのはなぜですか」

「容疑不十分です。周が持っていた荷物から薬物が出ませんでした」

「では誤認逮捕だったということですか」

「いえ、薬物を受け渡した後だったのです。周美玲が中国から持ち込んだスーツケースから覚せい剤一キロが発見されました」

三人の刑事が顔を見合わせた。キログラム単位の覚せい剤は相当の量だ。驚くのも無理はない。

「密売人とは誰ですか」

捜査情報ではあるが、同時に周を殺した犯人にもつながる手がかりだ。

「晄仁会の三好達也。周は三好の愛人だということがわかっています」

菊池が桜井に目配せした。このあたりの関係はマル暴の桜井の方が詳しい。

桜井が彩に問いただす。

「三好は晄仁会の下っ端だった男だ。そのうえシャブで二度捕まっている。なんでそんな奴に大量のシャブを預けたんだ」

そんなことは知る由もない。ただ、そう言ったところで許してはくれないだろう。

「密売組織が周を運び屋に使っていたのは間違いないはずです。その受け渡しを三好が担当した。下っ端の元組員なら万が一捕まっても組織の上層部にダメージはない」

彩の推論に菊池が反応して三白眼を向けた。

「一キロのシャブだぞ。末端売価で七千万はくだらねえ」

それだけのブツを預けられるような男ではないと言いたいのだろう。それは彩にも疑問だった。

今度は強行犯係の菊池が彩に質問した。

「殺害した男の手がかりは？」

「わかりません。ただ、現場を見た印象ではプロの仕事だと思いました。恐らく組織の犯行だと思います」

薬物担当の村尾が割って入る。

「密売人の情報漏洩を恐れて殺した。だとしたら晄仁会の線か」

桜井が答える。

「いや、殺し方が独特だ。ヤクザじゃねえ。拳銃《チャカ》でやるよりも確実に殺している。中国マフィアの手口じゃねえか」

村尾が彩に顔を向ける。

「密輸業者はわかってんのかい？」

これも捜査情報ではある。だが、隠すほどの情報ではない。むしろ、情報を出せば、警察も何かヒントを出してくるかもしれない。

「我々は王華《ワンホワ》だとふんでいます」

桜井の顔色が変わった。

「東北幇《ドンベイバン》のひとつだな。最近名前を聞くようになった。蛇頭だと思っていたが、シャブにも手を出していたとはな。暁仁会は伯龍会の二次組織、周美玲の店は暁仁会の店子《たなこ》だ。たしかにその運び屋を中国人のホステスにやらせていても不思議じゃない。菊ちゃん、同じ手口での殺しがなかったか調べたほうがいいぜ」

菊池が眉根《まゆね》を寄せて頷いた。

村尾が二人の刑事を一瞥して彩に言った。

「霧島さんも忙しいだろうよ。今日はこのへんにしようや。後はこっちで調べるよ。協力ありがとな」

聴取が始まってまだ三十分程度。こんなにあっさりと解放されるとは思わなかった。戸惑う彩を他所《よそ》に刑事たちは席を立った。

村尾が部屋を出がけに、彩に聞いた。

「堤さんは元気かい？」

堤はかつての彩の上司だ。刑事にも顔が広く、よく情報交換をしていた。

「ええ、今、捜査一課の課長をしています」

「そうか。今度一杯やりたいね」

「では、そう伝えておきます」

村尾はそれだけ言うと、そそくさと会議室を出て行った。


警察署を出たのは、午前八時五十分だった。午前中いっぱいはかかると覚悟していたが、予想に反して出勤前に終わってしまった。刑事たちもそう暇ではないということか。

麹町から九段下の事務所まで歩いて二十分程度。昨日よりも少し暖かく、朝の散歩にはちょうど良さそうだ。歩いて事務所に行くことにした。

千鳥ケ淵《ちどりがふち》公園をお堀に沿って歩いた。まだ桜は咲き始めだが、あと一週間もすれば花見のシーズンだ。皇居の先に見える武道館を目指して、歩いていると数人のジョガーとすれ違った。この時間、出勤前に皇居周辺を走る人が多い。その時、彩のカバンが震えた。スマホを取り出し着信を見た。大西からだった。せっかくの散歩を邪魔され、気分を害したが、まだ警察での聴取を報告していない。仕方なく彩は電話に出た。

「どや、まだ警察におるんか」

「聴取が終わったところです」

「どやった」

「あまり詳しくは聞かれませんでした」

「そうやろうな。まあ、お互い触れられたくないこともあるんやろうな」

触れられたくないこと。意味深《いみしん》な大西の言葉がひっかかる。

「どういう意味ですか」

「気にせんでもええ。聞かれたんはなんや」

質問ではぐらかされたが、彩には気になった。

「被害者の身元と晄仁会と王華のことを少し。刑事は中国マフィアの手口だと言っていました」

「ブラックリストのことは話しとらんやろうな」

「もちろんです」

「よっしゃ。ほなら、はよう戻ってこんかい。ゆっくり千鳥ヶ淵散歩しとる暇はないで。十時から会議や」

大西が言うと、電話はぶつりと切れた。彩は思わず周囲を見回した。なぜ、千鳥ヶ淵にいることがわかったのか。まさか、部下を監視。そんなはずはない。彩はスマホを見た。GPSだ。取締官が携帯しているスマホにはGPS機能がついており、居場所を追跡できる。ということは居場所を知っていて聞いたのか。相変わらずの性格の悪さだ。

彩は思わずスマホの電源を切ろうとしたが、切ったら切ったで後からうるさい。散歩気分は霧消し、足早に事務所に急いだ。

2

九段下の事務所についたのは午前九時半だった。

会議にはまだ三十分ある。彩は捜査課にある自分のデスクに座り、パソコンを立ち上げた。未読メールをチェックしていると、鑑定課の吉沢から新着メールが入っていた。吉沢はベテランの女性鑑定官で、彩とは公私にわたり相談する仲だった。

メールは一行だけだった。

〈昨日の検査、超特急で分析しました。時間のある時連絡ください〉

彩は吉沢に連絡して鑑定課に向かった。吉沢はデスクにいた。彩が声をかけると、笑顔で答えた。

「忙しい時に悪いわね。結果出たわよ。間違いない。ばっちり検出されたわ、メタンフェタミン」

メタンフェタミンが検出されたのであれば、所持していたのは覚せい剤で確定だ。裁判の証拠としても有効。これで有罪はほぼ決まりだ。

「大西情報官にはお伝えしたんですか」

「もう話したわ。ところで、昨日スーツケースを押収したのはあなたでしょ」

「ええ、ずっと空港で周を内偵していましたから」

「だったら、あなたに直接聞いたほうが早いわね」

吉沢は席を立ち、証拠品を保管している倉庫に入った。彩が後をついていくと、倉庫からビニール袋に入ったスーツケースを持ち出した。証拠品につけられているタグを見た。二つあるスーツケースのうち、三好から押収したものだ。つまり周美玲が日本に持ち込み、多目的トイレで三好と交換したものだ。中から覚せい剤一キロが見つかっている。

吉沢はスーツケースをテーブルに置くと、ビニール袋を外した。手袋をつけて、中を開く。内側の布をめくり、彩に見せた。

「昨日ここに覚せい剤一キロが入っていた」

吉沢が指し示した箇所から確かに覚せい剤が入った袋が見つかっている。

「それがどうかしたんですか」

「あったのは本当に一キロだけかしら」

「どういうことですか」

「このくらいスペースがあればもっと隠せるんじゃない」

確かにスーツケースの大きさを考えると、もっと詰め込める。だが、一度に大量の覚せい剤を持ち込むのはリスクが高い。万が一受け渡しに失敗する、あるいは密売人に持ち逃げされれば目もあてられない。

「確かにおっしゃるとおりです。でも、一度に大量に運ぶよりもなるべく分散したほうが安全です」

「その割には簡単に捕まったわね」

吉沢の言いたいことを察した。密輸組織は発覚を恐れて、大抵二重三重に薬物を隠す。運び屋も中継を何人も入れて、組織につながらないよう予防線を張る。運び屋と密売人がダイレクトにつながり、しかもこんなに簡単に捕まってしまうのはおかしいと吉沢は考えたのだ。

「まあ、推測でしかないけどね」

もちろんそうなのだが、吉沢の鑑定官としての勘は鋭い。無視できない推測だ。

「他にも何か疑わしいことがあるんじゃないですか」

吉沢は首を傾げて言った。

「それがないのよ。だから逆におかしいなって。検査結果はクロ。しかも一キロなんてめったにない押収量でしょ。だからこそうまく行き過ぎなんじゃないかって疑いたくなるのよ」

昨日見つかった覚せい剤は二袋で一キログラム。吉沢の推測が本当なら、実際に持ち込まれた覚せい剤はさらにあった。だが、そうだとしたら、その覚せい剤はどこに消えてしまったのか。

「もし、吉沢さんが言った通りなら、スーツケースが入れ替えられる前に、周は薬物をどこかに隠したのかもしれないですね」

「そうなのよ。容疑者に何かおかしな様子はなかった?」

彩はもう一度空港での周の行動を振り返った。周は飛行機が到着してから、ターンテーブルでスーツケースを受けとり、その足で税関に向かった。そこで探知犬に捕まり、税関事務所に連れられていった。税関職員にスーツケースを開けられるが、中から覚せい剤は発見されなかった。だが、スーツケースを開けた時、彩は一緒にいなかった。彩が税関事務所の部屋に入った時には、既にスーツケースは開いていた。もしも、その時、覚せい剤を持ち出されたら。

「まさか、税関で――」

吉沢が彩に確かめる。

「何か不審な行動はあった？」

税関を出た周は到着ロビーを抜け、そのまま多目的トイレに入った、そこでスーツケースは交換された。つまり、荷物を受けとってから、逮捕されるまでの間、スーツケースが開けられたのは税関だけだ。

「やはり、税関しか考えられません。でもそんなことが――」

あるはずがない。そう言いたかったが、思い出してみると、不審な点がなくもない。税関には事前にコントロールド・デリバリー捜査だと伝えていたはずだ。にもかかわらず、探知犬が出てきて事務所で荷物をチェックされた。あの時立ち会った職員は一人。半分を抜き取り、残りをマトリに押収させる。マトリが薬物を押収すれば、疑うことはない。

だが、本当にそうだとしたら税関職員が買収されているということになる。

「大西情報官はなんと？」

「一応推測ですがって断ったんだけど――」

吉沢は関西弁で続けた。

「気にすることあらへん。そんなことあるわけないやろう、だってさ」

見て見ぬふりか。面倒が嫌いな大西らしい。もし、見逃していたとしたら、責任はこちらにもある。何よりも税関を疑うとなると、所轄官庁である財務省に対して嫌疑をかけることになる。面倒以外の何物でもない。ただ、税関職員が密売組織に買収されているとなれば大ごとだ。税関は水際で違法薬物を取り締まる関所だ。それがザルだったとしたら。考えるだけでも恐ろしい。

「まあ、証拠もないし、調べようもないんだけど、気になるじゃない」

「もちろんそうですが、疑いがあれば調べるべきじゃないですか」

「気持ちはわかるけど、下手に手を出すと危険よ」

吉沢の忠告はわかる。公務員が買収され、密売組織に手を貸していたとすれば、大きな問題だ。

「わかっています。次の内偵では注意します」

「そうね。心に留めておいて。そろそろ会議でしょ」

彩は腕時計を見た。気づけば、間もなく午前十時になろうとしている。彩は吉沢に礼を言って、会議室に向かった。

3

昨日と同じ会議室に大西チームのメンバーが集まった。大西と倉田が上座に座っている。倉田は腫《は》れぼったい顔でワイシャツもよれよれ。鷹村も目の下にクマができている。他の取締官も皆、眠そうな顔で席についていた。

大西が第一声を発した。

「昨日は遅くまでご苦労さんやったな。取り調べした三好は昨日のうちに警察に勾留《こうりゅう》した。まあ、あれ以上自白せんやろうから、所持で起訴することになるやろう」

事務所には勾留施設がないため、警察署の留置場を借りることが多い。被疑者が暴力団構成員となると、警察でもマル暴が黙っていない。殺しが絡んだ事件の関係者ともなれば、警察も独自に動くだろう。大西はあまり三好には関心なさげに話を先に進めた。

「それよりも重要な案件が出てきたさかい、そっちに取り掛かるで」

てっきりブラックリストの運び屋を内偵するための打ち合わせだと思っていたが、重要な案件とは何か。

大西が倉田に目配せすると、倉田はパソコンを操作した。プロジェクターが作動し、写真が映し出された。画像は若い女性の写真だった。赤いドレスに黒髪、年は二十代前半くらいだろうか。真っ赤なルージュに切れ長の目。細面《ほそおもて》のすっきりしたアジア人に見える。全体的に知的で清楚《せいそ》な印象がある。

取締官の一人、若手の杉本が大西に聞いた。

「その美人のねーちゃんが運び屋ですか」

大西が杉本に顔を向けた。入省二年目の杉本は、見た目はヤンキーのようだが、薬剤師の資格を持っている。

「ええ女やろう。せやけど付き合うのはやめといたほうがええでえ。おっかないおやじがおるからな」

「誰なんですか」

「王華の老板《ラオバン》・王華徳《ワンホワディ》の娘、王蕾《ワンレイ》や。禁毒局がターゲットにしとる運び屋の元締めや」

横に座っていた鷹村からヤジが飛ぶ。

「おまえ、美人だからって変な気起こすなよ」

大西が苦笑まじりに冗談っぽく呟いた。

「まあ、こないきれいなねーちゃんに言い寄られたら、その気になってなんぼでも言うこと聞いてまうんやろうな」

倉田が写真を何枚か見せた。化粧や服で印象が変わる。清楚な顔の裏に妖艶《ようえん》で男をその気にさせる色気がある。写真によっては大西の言う通り、男を手玉に取る悪女のようにも見える。

「中国公安部から入った情報によると、夕方の便で王蕾が来日するそうや。全員今の仕事を中断、王蕾の内偵や」

大西の方針転換は理解できるが、こっちはようやく水沢茜と連絡が取れたばかりだ。大西が彩の不満気な顔に気づいたようだ。

「なんや、霧島。言いたいことでもあんのんか」

彩は立ち上がって大西に報告した。

「昨日配布されたリストの水沢茜と連絡が取れました。日本に来る時に会う約束をしました」

暗に自分はその線を追いたいと訴えたが、大西には通じなかったようだ。

「その件は後回しや。今は王蕾の方を優先せえ」

大西に断言され、彩はそれ以上何も言えず腰を落とした。

「当局からの情報では王蕾は今日の午後三時半羽田着のパシフィック航空07便で羽田に到着する。全員羽田空港で待機、ターゲットを確認したら、滞在先まで追尾や」

今日も羽田か。その後の内偵を考えると、今夜も長丁場になりそうだ。

「それと今回の内偵は中国公安部との合同捜査や。後から当局の捜査官二名が来るさかい、仲ようしいや」

中国人の捜査官か。鷹村が早速、心配そうに聞いた。

「言葉はどうするんですか」

「心配せんでもええ。二人とも日本語はぺらぺらやそうや。それに二人とも禁毒局のエリートや」

中国側が派遣する捜査官は薬物取り締りを管轄する公安部禁毒局所属。どんな人物かわからないが、薬物捜査の専門家であることは間違いない。

「王蕾は日本で必ず密売組織と接触するはずや。そいつらを突き止めるのがわしらの仕事や」

大西が話し終わると、倉田が内偵の班割を発表した。彩も空港での追尾班に組み込まれていた。

内偵の段取りについて説明が終わると、取締官は羽田空港での集合時間まで待機を命じられた。

彩は会議が終わると、大西を捕まえた。鑑定課の吉沢から聞いたスーツケースの件を聞くためだ。税関への疑いは捜査の当事者として気になる。税関職員が違法薬物を横流ししているとなれば、いくら違法薬物を押収しても穴の開いたバケツで水をすくうようなものだ。

「少しお時間よろしいでしょうか」

「なんや、わしゃ忙しいんじゃ」

逃げようとする大西を引き留める。

「大事なお話があります」

大西は眉根を寄せて会議室に引き返した。どかりと椅子に座り、彩を睨んで言う。

「五分だけやで」

彩は頷いて、すぐに本題に入った。

「昨日押収したスーツケースの件です。吉沢鑑定官からお聞きだと思いますが、税関職員を調べるべきだと思います」

大西はあからさまに機嫌を悪くして、言い返した。

「証拠もないのにどないして調べるつもりや」

「スーツケースに二重に隠した薬物を税関が抜き取った疑いがあります」

「あほなこと言うたらあかんで。だいたいおまえ、周美玲が税関に連れ込まれた時に一緒におったんやろうが、そこでシャブ見つけたんなら現逮できたやないか」

痛いところを衝《つ》かれたが、あの時見逃してしまったからこそ確かめたいのだ。

「確かにそうですが、事前にコントロールド・デリバリーだと周知していたにもかかわらず、税関が検査をするなど不審な点があります」

コントロールド・デリバリーを逆手にとって薬物を抜き取り横流しした。それが彩の推理だった。大西が面倒くさそうに聞く。

「せやったらなんでわざわざ一キロも残したんや。ぜんぶ抜いたらええやないか」

「薬物を残せば、我々が押収したという実績が残ります。税関は疑われません。末端価格で七千万だとしても、仕入れ価格は数百万です。半分以上押収されても十分利益がでます」

「そんなもんわかっとるわ。何度も言わすな。問題は証拠や。ただの推測だけで公務員に容疑かけられるわけないやろうが」

大西の言い分はもっともだ。彩は何も言い返せなかった。大西が腕時計を見た。

「五分経ったな。次なんか言うんやったら、ちゃんと証拠を見つけてからにせえ。ええな」

大西は不機嫌そうに立ち上がって、会議室を出て行った。彩は誰もいないのをいいことに、思わず大西が座っていた椅子を蹴《け》り上げた。気が晴れないばかりか、蹴った足がじんとしびれた。

——証拠か。上等じゃないか。自分ひとりでも調べてやる。

一度だけ深呼吸して気を静めてから、倒れた椅子を元に戻した。彩は屈辱を噛みしめながら、会議室を出た。

4

午後二時半。羽田空港国際線到着ロビーに大西率いる捜査チームが集合した。

捜査課の応援が入り、三班体制でターゲットの王蕾を追尾する。国際線ロビーには一班と二班が張り込み、空港前には三班の捜査車両。さらにバックアップで大西が指揮車両に控えている。空港内で連携を取り、到着から移動までを逃さずに追尾する。

王蕾が搭乗したという情報は公安部から入っており、パシフィック航空07便は予定通り、三十分もすれば到着する。大西の声が耳に挿《さ》した無線のヘッドセットから聞こえた。

「一班から三班までスタンバイええな」

大西の指示に各班の班長が答える。

「一班、了解」

「二班、了解」

「三班も了解です」

「よっしゃ、到着とともに王蕾を捕捉、その後、各班連携して追尾や」

空港には先に手を回している。到着ロビー内に一班、外に二班が待機。彩は同じ二班の鷹村とともに、飛行機の到着を待っていた。

「各班、搭乗前の王蕾の写真を送信するで」

大西から各取締官にメールが送信された。公安部が大連周水子《しゅうすいし》国際空港で追尾しているターゲットを撮影したものだ。

彩はスマホからメールを開き、画像を見る。王蕾が赤いスーツケースを片手に持ち歩く姿が、斜め後ろから数枚撮影されている。肩が見える白いトップスに黒のレースタイトスカート、ピンヒールのパンプス。髪は後ろでまとめ、サングラスをしている。普段着ながら、その容姿には女王の風格がある。隣に寄り添って歩く黒いスーツのサングラスの男は、見るからにマフィアのような容貌だった。

「隣の男は王の付き人や。搭乗は二人。それ以外の幹部はおらん」

鷹村がスマホの画面を見ながらつぶやく。

「女王様のボディガードってところか」

ターゲットがタクシーや車で移動することを想定し、空港前に若手の速水が運転する捜査車両が待機している。時間は三時半まであと三分となった。大西が各班に準備を促す。

「ターゲットの便がまもなく到着。出てくるで」

「一班了解。ターゲットを視確後、二班に引き継ぎます」

彩たちは到着ゲートを注視しながら、無線に耳を傾けた。

五分後、一班から無線が入った。

「ターゲットをターンテーブル前で発見。人着は写真の通り。赤いスーツケースを手にして到着口に向かいます。後ろに黒いスーツの男性。付き人と思われます」

「いよいよお出ましだな」

鷹村が到着ゲート付近に立ち、出てくる旅行者に目を光らせる。五分後、ターゲットが到着ロビーに現れた。鷹村が無線を口元に向けた。

「ターゲットが到着ゲートを出ました。エスカレーターは使わず、エレベーターに向かっています」

エレベーターということは、タクシーかバスだ。さすがにバスでの移動はないだろう。

だとすれば、やはりタクシーか車での移動だ。電車や鉄道を使わず、車で移動することは想定していた。問題は出迎えがあるかどうかだ。

「追尾します」

鷹村は彩に合図して、お互い距離を取りながら、王蕾を追った。彩は鷹村と二メートルほど離れ、背後から王蕾を追った。王は到着ロビーにあるカフェチェーンの横を通り過ぎ、その奥にある化粧室へと向かって歩いた。鷹村の声がイヤホンから聞こえた。

「ターゲットが女子トイレに入ります。一度通過します」

鷹村はそのまま女子トイレに入るわけにもいかず、無線で彩に指示した。

「霧島、引き継げ」

鷹村はそのまま男子トイレに入った。彩は王蕾の後を追って、女子トイレに入る。王は個室に入ったようだ。四つあるうち一つだけが空いている。彩は仕方なく、洗面台に立ち、王が出てくるのを待った。

しばらくすると、扉が開く音がした。王がスーツケースを手に、彩の後ろを歩き、隣の洗面台の前に立った。サングラスを外し、手にしていたポーチから化粧道具を出す。彩は手を洗いながら、さりげなく鏡越しに王の顔を見た。白い肌に真っ赤な口紅が妖艶に光っている。ファンデーションが濃い。目の下から頬《ほお》、顎《あご》にかけて不自然に盛り上がっている。

メイクの下に隠しているのは傷だろうか。王はメイクを直すと、化粧道具を仕舞《しま》い、スーツケースを手にした。その瞬間、無線に声が聞こえた。

「どうや、霧島」

大西のダミ声に思わずイヤホンを手で押さえた。

隣に声は漏れていないはず。そう思ったが、鏡越しに王が彩の方に顔を向けるのが見えた。

——まさか気づかれたか。

鼓動が高鳴る。彩は蛇口を流れる水を見つめた。気がつくと、王は洗面台を離れていた。

ほんの数秒だが、王は彩を意識して見ていたような気がする。

彩はすぐにヘッドセットにつぶやいた。

「ターゲットがトイレを出ました」

「わかった」

鷹村が反応する。

——見失わなければいいが。

しばらくすると、鷹村の声がイヤホンに響いた。

「ターゲットを追尾、エレベーターでタクシー乗り場に向かっています」

鷹村の声に安心して、彩はトイレを出た。

「ターゲットがタクシーに乗ります。三班に引き継ぎます」

鷹村の声が無線に聞こえると、タクシー乗り場の後方に待機している三班の速水が反応した。

「了解です。鷹村と合流、タクシーを追尾します」

鷹村がタクシーのナンバーを伝える。空港での追尾をトラブルなく終えた。

「霧島、指揮車両に乗れ」

倉田から指示が入った。王には確実に顔を見られている。近くにいるのはまずい。

「わかりました」

彩はエレベーターで地上階に降りた。指揮車のワンボックスが目の前に停まっている。

スライドドアを開くと、大西の姿が見えた。

車に乗り込むと、運転手の杉本が車を発進させた。大西が彩を横目で見る。

「ご苦労やったなあ。どうや、女王様と接触した感想は？」

トイレで並んだ時の緊張感がよみがえってきた。色気と表現すればいいのだろうか。王
蕾からは香水の微香に混じり、妖艶なオーラが漂ってきた。

咄嗟《とっさ》に言葉が出なかった。

「トイレですれ違ったんちゃうんか」

「顔を見られました。咄嗟のことで動揺して、まともに顔も見れませんでした」

「女王様の色気に当てられたんとちゃうか」

月並みな表現で言えば、そういうことだ。彩は黙ったまま頷いた。

「さすがのお嬢ちゃんもたじたじやったようやな」

反論できずにいると、大西は彩の返事を聞かず、スマホをいじりだした。

「さすが速水やな。うまく尾行しとる」

運転技術に長《た》けた速水は主に車での追尾で力を発揮する。

彩たちの指揮車は首都高に入り、湾岸線を東京方面に向かっていた。先を行く速水が王蕾の乗ったタクシーを追っている。しばらくすると、車内に振動音が聞こえた。大西のスマホに着信があったようだ。大西が電話に出た。

「ターゲットはどうや。──そうか、レインボーブリッジやな」

大西が電話を切ると、運転席に座る杉本に指示を出した。

「タクシーはお台場《だいば》に向かっとるそうや」

杉本はアクセルを踏んでスピードを上げた。大西は背もたれにどっかりと体を預けて杉本に言った。

「そない急がんでもええでえ。速水がしっかり追尾しとるさかい安心や」

ターゲットを追いかける捜査車両には倉田が同乗している。逐一大西のスマホに連絡が入っている。

「まあ、安全運転で頼むわ」

ゆったりと座る大西はどこか余裕のある声で言った。

車は東京港トンネルに入り、そこから湾岸線を通り、レインボーブリッジを渡った。


午後四時半。東京湾は穏やかに凪《な》いでいる。ターゲットが台場に向かったということは、恐らくどこかのホテルに落ち着くつもりだろう。ここから長丁場の監視が始まる。王が誰と接触し、密売業者が誰なのかを突き止め、密売組織のネットワークを暴く。それが彩たち特捜チームに課せられた使命だった。

大西のスマホが再び震えた。

「ベイサイドホテル東京やな。わかった」

大西は電話を切ると、運転している杉本に指示を出した。

「聞いとったやろう。ベイサイドホテル東京や。よかったな、四つ星ホテルで」

別に捜査だから四つ星だろうが、なんだろうが関係ない。だが、大西は茶化すように彩に話しかけた。

「そういえばお嬢ちゃん、このあたりのタワーマンションに住んどるらしいやないか」

彩の自宅は台場のタワーマンションにある。家族がいなくなった後も同じマンションで一人暮らし。だが、そんな話を大西にした覚えはない。どこで聞いたのか、嫌味な言い方にむかむかしてきた。

「でしたら私だけ内偵中は自宅に帰るっていうのはどうですか」

「あほか。チームから外れたいんやったらええけどな。まあ、心配せんでもおまえを襲う奴なんかおらへんて。じゃじゃ馬に蹴られたくないやろうしな」

けらけらと笑う大西に軽蔑の視線を送ったが、まったく動じない。人を何だと思っているのか。もともとそういう性格だから仕方がないが、女性への配慮がまるでない。だから関西人、いや関西人ではなく、大西という人間が嫌いなのだ。

彩は話題を変えて、大西に聞いた。

「中国の捜査官とはどこで合流するのですか」

「ホテルで待ち合わせや。わしらのターゲットはあくまでも日本国内の密売組織や。あの麻薬王のお嬢ちゃんには手え出したらあかんで。あれは禁毒局の捜査官が引き受けるちゅうことになっとんのやからな」

そんな捜査上の取り決めがあったとは知らなかった。

「今回の情報は禁毒局からですか？」

「そうや」

「あのリストの出どころも？」

「そうや、当局の捜査官が独自に入手した」

どうやって入手したかはわからないが、禁毒局は密輸グループの内部にかなり入り込んでいるようだ。

「王蕾の潜伏先がわかったら、禁毒局の捜査官に引き継ぐ。わしらは国内の販売ネットワークに特化したらええ」

大西はそう言うが、密売ネットワークは供給元を断たなければ撲滅できない。蛇口を締めないことには国内への違法薬物の流入は止まらないのだ。

車は臨海副都心で首都高を降り、そのまま東京テレポートを通り過ぎ、東京湾岸のベイサイドホテル東京のコンコースに入った。

5

午後四時四十五分。車に杉本を待機させ、四人の取締官がホテルに入った。ホテルのロビーで王蕾を追尾していた倉田と合流した。大西が倉田を労《ねぎら》う。

「ご苦労さんやったな。どうや？」

「王は二五〇五のスイートルームにいます」

「さすが女王様やな。えらい豪勢やないか。フロントに根回しはしたんやろうな」

「話をつけました。今、速水が監視カメラで二十五階のエレベーター前と廊下を見張っています」

「わしらの部屋は押さえとるか」

「隣の部屋を押さえました」

「よっしゃ行くで」

スイートを予約していたとなると、そこで商談が行われることも考えられる。室内までは監視できないが、ホテルを監視対象としての内偵が必要だ。

大西が各取締官に指示を出した。

「鷹村は監視カメラに張り付け。怪しい人物を見つけたら、すぐに連絡せえ。ホテルロビーに篠崎《しのざき》、杉本と速水は車で待機や。倉田と霧島はわしと一緒に部屋に来い。こっから先は長期戦やで」

配置が決まり、彩は倉田と大西とともに部屋に入った。

ベイサイドホテル東京の二十五階はさすがに眺めがよかった。窓から東京湾が一望、レインボーブリッジが真正面に見える。陽が落ちれば、ライトアップされ、湾岸のきらびやかな夜景が窓一面に広がるはずだ。ただ、景色は素敵でも気分は上がらない。部屋は捜査の前線基地となり、緊張感が充満している。

部屋はリビングとベッドルームの二間。さすがはスイート、三十畳はある広い造りだ。自腹ではとても泊まれない部屋だが、仕事となるとテンションが落ちる。

「なかなかええ部屋やないか」

大西は普段よりも声を抑えながら言うと、リビングに備え付けのソファーにでんと腰を下ろした。

――あんたがいなけりゃね。

心の中でそう呟くと、大西が嫌味な笑みを浮かべて言った。

「プライベートじゃなくて残念やったなあ、霧島」

この人は読心術でも心得ているのか。まったく油断できない。

「こんな部屋、プライベートでなんて無理ですよ」

苦笑いで応《こた》えると、

「なに言うてんねん。おまえんちからも同じような夜景見えるやろ」

来たこともない自宅のマンションのことを言われ、彩はげんなりした。

部屋に入ってから、倉田は隣の部屋の集音ができるように盗聴器をしかけたが、音声は拾えず、監視の要はフロントで監視カメラを睨んでいる鷹村に頼るしかなかった。ただ、大西が通信傍受令状を申請、部屋に受電された電話は検めることができる。

倉田がパソコンを操作しながら、大西に報告する。

「フロントに頼んで監視カメラの映像をこちらでも確認できるようにしました」

倉田が持ち込んだパソコン画面に監視カメラの映像が映し出された。ホテルで使っている監視カメラはクラウド型で、ネットワークに接続すればパソコンからも映像を見ることができる。

「ようやった」

大西がパソコン画面の前に立つと、彩もその横で画面を見た。ロビー二か所、二十五階の廊下、エレベーター前の映像が四分割で写っている。

「さっそくきよったで」

大西が映像に反応した。だが、売人らしき人物は見つからない。次の瞬間、二十五階のエレベーターホールに若い女性が現れた。二十代後半くらいだろうか。黒い細めのトラッドスーツに黒いブラウス、長い髪を後ろで縛り、薄い遮光のサングラスをかけている。スポーツバッグを手に持っており、まっすぐに廊下を歩いてくる。

「あの女性が売人？」

彩がつぶやくと、大西は口角を上げて答えた。

「そうやったら面白いやろうけどな」

大西がにやりと笑いながら答えると、まもなく部屋のチャイムが鳴った。

「霧島、お嬢ちゃんを迎えに行ってこい」

大西の言葉で気づいた。合同捜査には中国側の捜査官が参加すると聞いている。あの女性がそうか――。

彩が部屋の扉を開けると、映像に写っていた若い女が立っていた。サングラスを外し、彩に視線を向ける。

「你是谁《ニーシーシュイ》？」

同じ質問を、昨日空港の税関でも聞いた。中国語で「あなたは誰？」という意味だ。

「麻薬取締官の霧島彩です」

女はすぐに人差し指を口元に当てた。うっかり扉を開けたまましゃべってしまったが、隣の部屋にはターゲットがいる。マトリの存在を知られてはまずい。

「とにかく中に入ってください」

彩が扉を閉めると、女は挨拶もなく、まっすぐリビングに向かった。彩もすぐに後を追いかける。

「おお、待っとったで」

大西が女性を大仰《おおぎょう》に出迎えると、女は律儀に頭を下げた。

「公安部禁毒局国際捜査チームの李《リ》雪梅《シュエメイ》です」

流暢な日本語だった。大西がにやけ顔で応える。

「日本語上手やなあ。しかもなかなかの美人やないか」

品定めするような下品な顔で、大西は李を眺めた。

李はそんな大西に構うことなく、荷物を下ろして聞いた。

「王蕾は？」

「隣におるで」

「誰かと接触はしましたか」

「まだや」

李が部屋を見回す。

「捜査員は三人だけ？」

「いや、ロビーとフロントに一人ずつ、それに車に二人待機しとる。ところでそっちの他のメンバーは？」

「私一人です」

さすがの大西も「ほんまか」とあきれた声で聞いた。

「相手は小娘一人、私だけで十分です」

「まあ、しゃあないか。日本じゃ捜査権ないやろうし、今回は日本側の仕事やからな」

李が大西に冷たい口調で伝える。

「日本の密売組織はあなた方にお任せします。私はあの女の行動確認が任務ですから」

大西も納得したように言い返す。

「まあ、ええわ。ここにおるメンバー紹介するわ」

大西に促され、彩は李の前に出た。

「改めまして霧島彩です。よろしく」

彩が手を差し出すと、李が握手した。

「なんかわからんことがあったら霧島に聞いたらええ。日本にいる間は一緒に行動してもらおう思うとんねん」

事前に何も聞かされていなかったが、大西と仕事をするといつものことだ。李が彩に質問する。

「あなた何年目？」

「取締官になって六年目です。李さんは？」

「同じく六年目よ」

同じキャリア。だとしたら同い年か。

「なんや同期かいな。仲ようしいや」

大西が割り込んだ。彩は笑顔を作って李に言った。

「よろしくね」

李は不敵な笑みを浮かべるだけだった。どこか挑戦的な表情だが、その芯には強い意志が宿っているように見える。どんな修羅場《しゅらば》を潜《くぐ》り抜けてくるとこんな顔になるのか、彩は興味を持った。

李が倉田に挨拶している時、大西が耳元で囁いた。

「おまえ以上に気い強そうやな」

李が突然振り向いて大西の前に近寄った。

「王蕾は私が相手をしますので、あなた方は手を出さないようにお願いします」

李の鋭い視線に大西が気の抜けた声で言った。

「まあ好きにしたらええわ」

大西は言った後に厳しい表情に変わり、李に言い返した。

「ただし、ここは日本や。郷に入っては郷に従え。この意味わかってるやろうな」

「もちろんです。あなた方の捜査の邪魔はしません」

李は初めて大西に笑みを浮かべた。その時、パソコンを見つめていた倉田が大西を呼んだ。

「エレベーターホールに中国人らしき男を確認。空港で王蕾と一緒にいた男です」

李が真っ先にパソコン画面に寄った。画面を見る李が表情を歪めた。

彩もパソコン画面に目を向ける。王蕾の付き人だと言われていた男だ。大西が李に確認する。

「王のボディガードやな」

「そのとおりです。林志強《リンチーチャン》。王華《ワンホワ》グループの一員です」

林と呼ばれた男は、直接王蕾の部屋に入った。

李は持ってきたスポーツバッグを手にベッドルームに入った。

大西のポケットから振動音が聞こえた。大西がスマホを取り出して電話に出る。

「そうか、来よったか」

大西は電話を切ると、パソコンの前に立ち、倉田に言った。

「さっそくお客さんやで」

彩も倉田の横に立ち、パソコン画面を見た。

見るからにヤクザっぽいスーツの男が三人。男たちはロビーを歩き、エレベーターに向かった。倉田が映像を凝視する。

「他の二人はわからんが、真ん中の男は暁仁会の日下《くさか》だ」

関東の指定広域暴力団伯龍会の下部組織・暁仁会の若頭だ。

「かしら自らお出ましとはたいしたやっちゃなあ」

大西の口角が上がった。倉田が大西に問いかける。

「伯龍会は表向きシャブは禁止していますが、こうも堂々と密輸組織と接触するとは」

あきれる倉田に大西が言い返す。

「シャブは御法度なんぞ本家の言い逃れに過ぎんわ。暁仁会は所帯が大きいうえに、伯龍会の中核や。この商売は元を押さえたほうが儲かんねん。密売は子供に任せても、親は密輸に食い込みたいに決まっとるがな」

大西の言う通り、暴力団や任侠団体はほぼ覚せい剤の密売や使用を禁止している。組織的犯罪が発覚し、組全体に取り締りが入るのを防ぐためだ。だが、物事には何でも表と裏がある。しのぎが厳しい昨今、建前として禁止という形をとっているだけだ。伯龍会は関東でも一、二を争う組織であり、所帯も大きい。今も昔も覚せい剤の売買は重要なしのぎに変わりはない。

「日下が二五〇五室に入ります」

倉田が映像を見ながら言った。

彩もパソコン画面に食いついた。大西はソファーに座ったまま、腕を組んでいる。

「隣の部屋でのやり取りが聞きたいのう」

その時、李がスポーツバッグから機材を取り出した。部屋の壁を見回し、一か所を見つめながら機材を設置する。コンクリートマイク。高性能の盗聴器で壁や柱を伝わる微弱な振動を増幅する機材だ。だが、既に倉田が一度試している。この厚さの壁では役に立たなかった。

李が信号を感知するマイクを壁に設置し、アンプにつないだ。そこから伸びるイヤホンのひとつを手渡す。彩が受け取り、耳に当てた。イヤホンから隣の部屋のクリアな会話が聞こえてきた。

「聞こえます」

大西が近寄って彩からイヤホンを奪った。

「なんでや」

「中国の最先端技術で作った最新型の盗聴器よ」

李はそう言ってもう一方のイヤホンを彩に渡した。

《そういうわけやから、今後の取引は十分注意するようにしてもらおうか》

《リストの流出については心配無用よ》

《そういうわけにはいかんのや。現にうちの若いもんが捕まったんや。表向きには絶縁した組員ちゅうことになっとるが、デコスケに目えつけられた。あんたも用心したほうがええかもしれんでえ。どこぞのネズミに探られているかもしれんからなあ》

彩は思わず壁から離れた。

「どういうことですか。リストって」

大西がにやにやしながら、壁際でイヤホンを耳に当てている。

《まあそれはそれとして、次もよろしゅうたのんますわ》

《わかっているわ。それより目障りなネズミが日本にもいるようね。なんとかしてくれない》

《今、若いもん出して調べとる。あんたも用心しいや。日本のネズミだけやのうて、中国のネズミもおることとやし》

　その言葉に鼓動が高鳴る。ネズミがいる。つまり、奴らは捜査に気付いているということだ。大西は表情を変えて、イヤホンを外し立ち上がった。李の傍に寄り耳打ちする。

「例のリストはどないなっとるんや」

「ブラックリストのことね」

「そうや。もう入手しとるんやろ」

「まだよ。一部は手に入れたけど、全貌は摑んでいない」

「わかった分だけでもこっちに回してもらえへんか」

「その前に王蕾の相手をさせて。日本のヤクザはそっちに任せるから」

「相手いうても奴ら何の容疑もないやないか」

「あるわ。王蕾は薬物を持ち込んでいるはずよ」

　二人の会話を聞きながら、彩は疑問に思った。王は内偵されることをわかったうえで、自ら運び屋となったのだろうか。それではリスクが大きすぎないか。

「まあ、ほんまかどうかわからんけど、あいつらもわしらが内偵しとんの知っとるようやし、顔ぐらい拝んどいたほうがええかもしれへんな」

「お好きにどうぞ。私は王蕾に用があるだけよ」

「ほな、手分けしようや。奴らが部屋を出た瞬間をねらうで」

二人が何の話をしているのかわからないまま、彩は聞いていた。突然、李は寝室に向かった。彩がイヤホンを外し、大西に聞いた。

「いったい何の話をしているんですか」

「聞いたまんまや。あのお嬢ちゃんはワンちゃんと話があるそうや」

「話があるって――」

「まあ、あちらさんはあちらさんでやってもらおうやないか。わしらは晄仁会の連中の面でも拝んでおくさかい、ここは役割分担や」

二人の会話で気になることがもう一つあった。

「ブラックリストっていったい何ですか」

「それは後で教えたる。それより奴らはどうや」

彩は慌ててイヤホンに耳を傾けた。物音がする。話し声は聞こえなくなった。李が寝室から戻ってきた。さっきより表情が強張っている。

監視カメラを見ていた倉田が叫んだ。

「日下たちが部屋を出ました」

大西が素早く指示を出す。

「よっしゃ、ロビーにいる鷹村に連絡せえ。奴らがホテルから出るところを押さえる。速水に車を回すように指示や」

倉田があわただしく動き出した。李はパソコン画面を見つめている。部屋に踏み込むタイミングを計っているようだ。彩が大西に指示を求めた。

「私はどうすれば――」

「おまえは部屋に残れ」

「でも――」

「ええから言う通りにせえ」

大西に言われ、彩は頷いた。

「三人が出ました」

「よし、エレベーター乗ったらいくでえ」

倉田が合図を送る。大西と倉田は李と彩を残し、部屋を出て行った。

李はまだパソコン画面を見ている。廊下に大西と倉田の姿が写り、エレベーターに乗り込んだ。李は無言のまま部屋を出ようとする。

「ちょっとどこに行くの？」

王蕾と接触するつもりだ。だが、相手はボディガードを入れて二人。一人で乗り込んで大丈夫なのか。大西からは動くなと言われていたが、李と行動を共にするようにも言われている。

「私も行くわ」

李は怪訝な目で彩を見て制止した。

「邪魔しないで」

李は彩を置いて一人で部屋を出ていった。一人で部屋に取り残された彩はリビングに戻り、コンクリートマイクのイヤホンを手に取った。

李が部屋を出て行ってから三分ほど後、突然銃声が耳に飛び込んできた。彩は反射的に部屋を飛び出した。廊下に出ると警戒しながら二五〇五号室に近づいた。ドアに隙間がある。ロックが解除され、ドアは開いていた。再びパンパンという銃声とともにガラスの割れる音が耳に入った。彩は警戒しながら部屋に入り、廊下をまっすぐに進んだ。リビングで李が肩を押さえ、倒れている。扉の先に銃が転がっている。恐らく李のものだろう。男が彩に鋭い視線を向けた。

「你是谁《ニーシーシュイ》――?」

同じ質問は昨日から三度目だ。林志強が銃を構えて彩を睨んでいる。その後ろで王蕾が彩の顔を注視していた。その表情が一瞬歪んだ。

王蕾には空港のトイレで見られている。王蕾が口元を緩めながら林の傍に寄り添った。

足元で李が呟いた。

「――銃は?」

麻薬取締官は銃の携帯も許されているが、今回の捜査で携帯許可は出ていない。

「まさか持っていないの」

彩は頷いた。林が銃を構えながら、彩に近づく。足元で起き上がろうとする李に林は銃口を向けた。後ろに立つ王が中国語で命じるように林に言い放った。

「杀拉《シャーラ》!」

林は相変わらず銃口を李に向けていた。その時、部屋のチャイムが鳴った。林が視線を扉に向けた瞬間、李が咄嗟に床を転がり、落ちていた銃を手に取った。李はソファーの陰に身を潜め、素早く体勢を整え、林に銃口を向けた。林は李の動きに気づき、銃を連射した。李が体を翻《ひるがえ》し、ソファーの背後に隠れた。彩も近くのソファーの背後に逃げ込んだ。

「走把《ズオオバ》」

王蕾の声が聞こえると、林はソファーに何発か連射し、そのまま王とともに部屋の出口に向かって走り出した。李が立ち上がり、部屋の出口に向けて発砲する。威嚇《いかく》ではなく、銃口はまっすぐ二人に向けられていた。

彩は李の後を追って廊下に出たが、既に王と林の姿はなかった。廊下の先、エレベーターの扉が閉まる。その隙間から王蕾の笑みが一瞬見えた気がした。

廊下に立っていた李が突然姿勢を崩し、その場に倒れた。彩が駆け寄り、肩を支える。手にべっとりと血が付いた。どうやら銃弾は肩をかすめたようだ。彩は部屋に戻り、バスルームでハンドタオルを手に取った。廊下に戻って李のジャケットを脱がせ、肩にタオルを当て、強く圧迫する。

「大丈夫？」

「しくじったわ」

急所は外れていたようだ。話せる程度に意識はしっかりしている。スマホで救急車を呼んだ。しばらく止血をしながら救急車を待つしかない。彩は李に事情を聞いた。

「部屋で何があったの？」

「突然林に襲われた。さっさと殺しておけばよかったわ」

どうやら李は部屋に入るときから銃を携帯していたようだ。

「なんであなた銃を持っていないの」

李が責めるような口調で捲《まく》し立てた。

「まさかこんなことになるなんて――」

「王華を甘く見ないで」

李は言ったそばから顔を歪めた。

「しばらく黙ってなさい。すぐに救急車が来るから」

李の肩を抱きながら彩は救急車を待つ間、李の止血を続けた。

第三章　毒蛇

1

午後七時五十分。大西たちが部屋に引き上げてきた。部屋の惨状を見て、大西があきれた顔で聞いた。

「李《リ》は大丈夫かいな」

彩は血に染まったタオルで李の肩を押さえながら伝えた。

「止血をしています。まもなく救急車が来るはずです」

大西は納得できない顔で愚痴をこぼした。

「何もすぐにドンパチやらんでもええがな」

「好きでこうなったわけじゃ――」

「あたりまえやろうが」

大西の愚痴を聞いていると、救急隊員が駆け付けてきた。彩は止血していた手を離し、隊員に李の体を預けた。李は担架に乗せられ、運ばれていった。自分も付き添うつもりで救急隊に従おうとしたが、大西が許さなかった。

「あとで入院先を聞いたらええ。それより刑事さんたちが待っとるで」

大西の視線の先には制服姿の二人の警察官と私服の刑事二人が立っていた。

ホテルマンが部屋の銃声を聞き、警察を呼んだのだ。近隣を管轄する機捜が現場に出張《でば》ってきたようだ。私服の刑事が彩の前に立ち、名前を名乗る。

「湾岸署刑事部の赤沢《あかざわ》です。何があったのかご説明いただけますね」

赤沢の質問に大西が視線を彩に向けた。彩は渋々刑事の前に出た。

「わかりました」

「では現場を保全しますのでしばらくお待ちください」

刑事の指示で警官が現場に黄色の規制線を張る。

大西は隣の部屋に引き上げ、倉田に指示を出した。

「李には鷹村と速水をつける。またあの怖いにーちゃんが襲いに来るかもわからんしな」

しばらくして赤沢が部屋に戻ってきた。彩と大西が事情聴取を受けることになった。

「銃声が聞こえたという通報がありました。捜査にご協力いただけますね」

赤沢の鋭い視線に、絶対に逃さないぞ、という無言の圧を感じた。

「もちろんです」

「その中国当局の女性捜査官にも聴取しますので、入院先がわかったら教えていただけますね」

彩が素直に頷くと、赤沢は隣の部屋に移動した。大西がぼやいた。

「なんか面倒なことになってもうたな」

彩はあきれながら大西に言った。

「捜査についてはどこまで話していいのでしょう」

「あったこと見たことそのまま話したらええ。何も隠すことなんてあらへん」

「わかりました」

彩は大西とともに隣の部屋で赤沢の聴取を受けた。

大西は捜査内容に触れ、スイートの宿泊者は中国マフィアで、そこに客として暁仁会の日下が来たと話した。

「まあ、そういうわけやから、おたくのマル暴さんにもよろしゅう捜査してもらえんやろか」

「もちろん、そのつもりです」

「ほな、たのんまっせ」

まるで他人事《ひとごと》のような大西の口調に刑事たちは半ば呆れた顔で引き上げて行った。

「よろしいんですか。捜査情報をあんなに話して」

「しゃあないやろうが。それにあのおっかないボディガードの兄ちゃんを早いとこ逮捕してくれれば王蕾《ワンレイ》は丸腰や。こっちもやりやすくなるちゅうもんや」

大西の言い方に彩は疑念を抱いた。

「まさか、こうなるとわかっていたんじゃ――」

大西は口元を緩めた。

李が騒動を起こせば、警察が林《リン》や王《ワン》をマークする。銃を使ったとなれば、銃刀法違反にも問える。警察が出てきて王蕾を捜査してくれれば、こっちは暁仁会に集中できる。大西はそこまで計算して行動していたのではないか。

「すぐには見つからんやろうが、警察が王と林を見つけて逮捕してくれたらこっちも助かるわ。せやが、李も発砲しとったとしたら面倒なことになりそうやな」

「はい。ですがあれは正当防衛だと思います」

林志強《チーチャン》が銃を持っていたことは間違いない。そう刑事にも証言した。十分正当防衛が成り立つはずだ。

「ほんまにそうか？」

大西の訝《いぶか》しげな顔に彩は反応した。

「どういうことですか」

「まあ、わしらには関係あらへんけど、そもそもどっちが先に撃ったかわからんのやないか」

――どっちが先に。

大西の言う通り、現場を見ていない彩にはわからない。あの時、彩は銃声を聞いて部屋を出た。その後、部屋の前で二発の銃声が聞こえた。どちらが先に撃って、撃ち合いになったのかはわからない。ただ、最初の一発が李に当たったとしたら二度目の発砲はなかったのではないか。そう考えると、応射した林の弾が李の肩をかすめた可能性が高い。

「なぜ李は王を執拗に追いかけるのですか」

李の行動には王蕾への強い執着を感じた。

「まあ、私情が絡んどるとどうしても熱くなるわな」

「私情？」

大西はそれ以上そのことには触れずに話題を切り上げた。

「さあ、引き上げや。禁毒局のもうひとりの捜査官が事務所に来とる。もうちょい早く来てもらいたかったんやがな」

中国側が簡単に引き下がるとは思えない。ここは日本だ。中国側は日本の捜査機関を頼るしかないのだ。

「ところで暁仁会の方はどうなりましたか」

大西たちは日下たち暁仁会のメンバーの身元を確認したはずだ。大西は歯切れの悪い声で言った。

「まあ今日のところは情報収集程度や」

飄々《ひょうひょう》と話す大西に底意地の悪さを覚えた。相手がヤクザだろうが密売組織だろうが、この人には関係ない。まるでゲームのように捜査をやってのける。いったいどんな神経をしているのだろうか。

「後の話は車の中で聞くわ。いったん事務所に引き上げるで」

大西は彩の肩をポンと叩き、さっさと部屋を出て行った。

2

部屋の後始末を終えて、彩は指揮車両に乗り込んだ。ちょうど彩のスマホに救急隊員から連絡が入った。収容された病院を教えてくれるようお願いしておいたのだ。

「わかりました。豊洲《とよす》の東和《とうわ》医科大学病院ですね」

病室をメモして、彩は電話を切った。

二列目シートの隣に座る大西が電話の内容を聞いた。

「どや、具合は？」

「幸い外傷は軽いそうで、全治一週間だそうです」

「病院には鷹村と篠崎に張り付かせる。あの林ちゅうのはしつこそうやからな。それにあのお嬢ちゃんをしっかり監視したほうがええやろ。これ以上騒ぎを起こされたらかなわんからな」

車は台場インターから首都高に乗り、事務所のある九段下に向かった。

彩は大西に改まって頼んだ。

「お願いがあります」

「なんや」

「銃の携帯を許可してください」

「なんでや」

「自分の身を守るためです」

「それやったらええが、あいつらの復讐合戦に巻き込まれんことが条件や」

「復讐合戦？」

大西が李の捜査には私情が絡んでいると言ったことを思い出した。

「そうや。あのお嬢ちゃんは麻薬密売組織に家族を殺された。あいつの父親も麻薬捜査官やったんや。幸いあいつだけは助かったんやが、母親は首を切断されて、頭が父親宛に送られてきたそうや。逆上した父親は王華に乗り込んでそのまま行方知れずや。死体は見つからんかったようやが、まあその方がよかったんかもしれんなあ」

李がそんな凄惨《せいさん》な過去を持っていたとは。

彩が李の表情の奥に感じた執念はそのためだろう。

「李の父親は公安部の中でも汚職のない潔癖な捜査官やったそうや。王華を壊滅させようとしたんやが、逆に見せしめにあったようやな。中国マフィアちゅうんは残虐非道。おっかない奴らやで」

家族を密売組織に殺された。その境遇にどうしても自分のことも重ねてしまう。麻薬に家族を殺されたという点では彩も同じだ。だが、李の場合は、直接密売組織が手を下した。復讐は麻薬そのものではなく、殺した相手、即ち密売組織に向かう。

大西が黙っている彩に気づいたように目を向けた。

「感情移入したらあかんでえ。あのお嬢ちゃんとおまえとは境遇が違い過ぎる。背負ってるもんの重さが違うんや」

大西の言葉がずんと心の奥に響いた。背負っているものが違う。確かにそうかもしれない。大西の話が本当なら、李の方がより凄惨な過去を背負っている。

「彼女は父親の復讐をするためにこの捜査に参加したのですね」

「そういうこっちゃ。せやから厄介や。さっきもどっちが先に撃ったんかわからんで」

「やはり王を殺そうとして——。でも、まさか」

「おまえ、そん時現場におらんかったんやろ」

「部屋を出たのは銃声がしてからです」

大西は頷きながら言った。

「李が持っとった銃の装弾は八発、ホルダーに残っとったんは六発や」

大西はさりげなく李の拳銃を調べていたのだ。本当にこの人は抜け目ない。

彩は銃声が聞こえた時の状況をもう一度思い出した。部屋から聞こえた銃声は三発。誰がどのタイミングで撃ったのかはわからない。最初から王を殺すつもりで李が乗り込んだとすれば、林に応射され、そのうち一発が肩をかすめて負傷したとも考えられる。親を殺されたとなれば、復讐のために行動したことは否定できない。李を放っておくなという大西の言葉に納得した。

「あいつらはあいつらのやり方で動いとる。わしらはわしらのやるべきことをやったらええ」

「私たちがやるべきこととは？」

大西が何を今さら、という目で彩を見た。

「決まっとるやろうが。ここは日本でわしらは麻薬取締官や。やるべきは密売組織の壊滅や。おまえ、世界の違法薬物がどのくらいの市場規模か知っとるか」

大西からの突然の質問に彩は視線を泳がせた。咄嗟にうろ覚えの数字を答えた。

「五十兆円くらいでしたでしょうか」

「推計やけどそんなもんや。ええか、五十兆やで。一国の国家予算にも匹敵する額や。世界中には薬物常習者が二億人以上おって、毎年二百万人近く増えとる。アメリカも中国も莫大な国家予算をつぎ込んで取り締まっとるが、世界から麻薬が消えることはあらへん」

確かに数字を考えれば絶望するしかない。薬物は既に巨大なビジネスとして成り立っており、世界中に市場が形成されている。そこに関わる組織は薬物を生業《なりわい》としており、ブラックマネーを動かしているのだ。

「それはわかっていますが、だったら私たちはどうすればいいのですか」

「わしらの敵は麻薬でもヘロインでもコカインでもない。覚せい剤や。わかっとると思うけど、日本にとっては違法薬物イコール覚せい剤や。王華《ワンホワ》は覚せい剤の供給源や。そこつるんどる密売組織を叩いて覚せい剤を根絶する。当面の目標はそれや」

大西の話がようやくチームの目的とつながった。大西はため息をついて話をまとめた。

「いずれ伯龍会とは戦争になるんやろうが、今はまず密売ルートの解明が先や。それには中国の捜査機関をうまく利用せなあかんやろ」

やり方も組織も違う中国側と一緒に捜査をするには課題も多いが、違法薬物の流通が国際的に広がっている今、他国の捜査機関との協力は欠かせない。

彩にはもうひとつ今回の捜査で疑問があった。

「李が話していたリストについて教えていただけますか」

大西からはブラックリストについてまだ詳しく聞いていない。捜査の重要な手がかりだが、なぜか大西は事前のブリーフィングでも触れていなかった。

「これは極秘中の極秘や。軽々しく口にはできへん」

「しかし、捜査上重要な情報ではないですか」

大西はしばらく黙り込んでから、思わぬ話をしはじめた。

「おまえ、周 美玲《ジオウ メイリン》がシャブを税関職員に渡したちゅうとったやろう」

スーツケースの隠しポケットを二重にして、分散して覚せい剤を持ち込んだ。吉沢から言われた疑惑に大西は否定的だった。今更なぜこの話を蒸し返すのか。

「それが何か？」

「もし税関職員がシャブを横流ししとったら、いくらでも密輸できるやろうな」

大西が暗に何を言いたいか、彩は察知した。

「まさか、ブラックリストは、公務員の運び屋の――」

大西が小さく頷いた。

「税関だけやないで。外交官や政治家は一般人と違って自由に海外に行き来できるからなあ。そんなに厳しいチェックも受けへんやろうし」

公務員は一般人とは違う公用パスポートを所持している。様々な面で優遇され、空港の入出国がスムーズにできるようになっている。

「まさか、そんなことが――」

「それを調べとるんが、あのねーちゃんや」

「では、運び屋のリストも李が？」

「どういうルートで手に入れたんかは知らんが、そういうことや」

大西が狙っている獲物の正体がようやくわかった。だが、相手が公務員となると簡単には口にできない。確かに極秘中の極秘だ。

「それで警察にも情報を出すなと」

「もしも警察関係者がリストに入っとったらどうする」

隠蔽《いんぺい》の恐れは十分考えられる。これまでも警察内部の犯罪に組織的な隠蔽があったケースは枚挙《まいきょ》にいとまがない。

「李はブラックリストを入手しているのでしょうか」

「さあな。どこまで入手したかはわからんが、それを探っとるのは確かやな」

ブラックリストについてはまだはっきりしないこともあるが、大西はそれ以上深入りしようとしなかった。

「危なっかしいねーちゃんやが、できる捜査官や」

中国マフィアを相手に一人で立ち向かおうとしている李は無謀ともいえるが、その根源にあるのはマフィアへの復讐だ。同時にそれは強さにもなっている。大西の言う通り、自分とは立場が違う。相手にしている敵の大きさも、そのための覚悟も。

「どや、悔しいか」

大西に心の中を見透かされたようで、思わず否定した。

「いえ、そういうわけでは──」

「おまえに必要なんは、そのくされプライドを捨てることや。被害者意識で戦おうとしているうちは、プロになれへんで」

「そんなふうには思っていません」

「ほんまか。マトリが自分の天職、復讐のために仕事をする。そないなしょーもない使命感はよけいな自尊心を生むだけや。あのねーちゃんくらいの覚悟、おまえに持てるんか。あれはな、王華と刺し違えるつもりやで。そんなもん、捜査でもなんでもない。わしらがやっとるのは捜査や。復讐やない。そこんとこしっかり覚えときや」

大西はそこまで言い終わると、助手席に座る倉田に顔を向けた。

「こいつにも一丁渡してやれ」

倉田がダッシュボードから何かを取り出し、差し出した。ホルスターに収まっていたのはコルト・ディテクティブスペシャル。小型で扱いやすい回転式けん銃だった。

「銃の携帯は他の取締官にも認める。ただし、取り扱いは慎重にせなあかんで。誤って弾がこっちに飛んで来たら敵《かな》わんからな」

言い終わった頃車は西神田インターを降りた。午後八時過ぎ。街道には帰宅の途につくスーツ姿の男女がちらほら見えたが、彩たちの仕事はまだ終わっていなかった。

3

午後八時半。彩が乗った指揮車両が九段下合同庁舎に戻ると、大西はすぐに取締官たちを会議室に集めた。トラブルが多発しており、今後の捜査の立て直しが必要だ。大西はチームメンバーを会議室に待機させると、部長の黒木とともに会議室に入ってきた。

黒木が席につくと、会議が始まった。黒木部長が話を切り出した。

「集まってもらったのは他でもない。目下、特捜チームを編成して全面的な捜査に乗り出している密輸組織の件で新しい情報だ。その前に紹介しよう」

黒木は隣に座る男性に目配せした。

男が立ちあがり、頭を下げた。

「張毅《ジャンイ》主任、中国公安部禁毒局の捜査官だ」

張は日本語で「よろしくお願いします」と挨拶した。

「張主任は、長年、東北幇《ドンベイバン》の捜査を担当されている。今回王華の日本への覚せい剤密輸ネットワークの解明についてご協力いただく。張主任は日本に留学経験があり、日本語も堪《たん》能《のう》だ」

黒木が張に目で合図した。張がそれに答えるように一歩前に出る。

「私たちが追っている王華はこれまで覚せい剤を中心に密輸のネットワークを広げてきました。奴らが取り扱っているのは、麻黄から抽出されるエフェドリンから化学合成した純度の高い覚せい剤です。中国内外に製造拠点は複数あり、そのいくつかを突き止めましたが、まだまだ追いついていません。中国政府は麻黄の栽培拠点の撲滅を目指し、各地で密造業者の摘発を進めています。同時に覚せい剤の輸出先である日本の密売組織を潰すことで、組織の力を弱めるのが、私の任務です」

張が話し終わると黒木が頷いて、取締官たちを見据えた。

「張主任には日本に潜伏中の王蕾の内偵に参加してもらう。王華に関する情報提供を受け、密売組織の壊滅のために引き続き捜査を進めてほしい。具体的な捜査の指示は、大西情報官に任せる」

黒木は大西に視線を向けた。大西が黒木の意を受けて、話を引き継いだ。

「今日はご苦労さんやった。色々と面倒が起きとるさかい、捜査を立て直さなあかん」

大西はこれまでの経過を振り返りながら、今後の捜査について説明を始めた。

「王蕾の行方は途絶えてもうたし、李捜査官も負傷してもうた。のっけから大変な内偵になってしもたが、ここから挽回《ばんかい》や。幸い王華と接触しとるのが伯龍会ちゅうことがわかった。王蕾と会った三人の身元がわかっとる」

ホテルに現れた三人が王華とつながる密売組織であることは間違いない。大西はその素《す》性《じょう》を突き止めたようだ。

「思った通り、王華を通して仕入れたシャブを伯龍会が傘下の組に密売させとるようやの う。王華と接触したんは伯龍会の中核組織、晄仁会の若頭、日下徹《とおる》。幹部の佐々木晃《ささきあきら》と岡島仁《おかじまひとし》や。奴らが王華と仲良うしとるのがようわかった。王蕾は李とドンパチやったせいで警察にもマークされよった。昨日の周美玲の殺害もあって警察が動いとる。犯人はわかっとらんが、わしらだけでは人手が足らん。殺しの方は警察の組織力を当てにしたらええ。わしらは密売組織の解明に集中することや」

大西が倉田に水を向ける。倉田が明日からの具体的な捜査について言及する。

「王蕾はしばらく日本に滞在するはずだ。明日からは伯龍会の動きをマークする。三好が起訴されれば、組織的な関与に持ち込むこともできる。運び屋の件の調査も進めている。伯龍会事務所、運び屋の調査、それぞれ班ごとに行動するように。今日はこれで解散するが、班割を発表する」

倉田が発表した班割に彩の名前がなかった。マトリは小所帯だ。一人でも欠ければ捜査に支障が出る。彩は倉田に聞いた。

「主任、私の名前がありません」

倉田が彩に視線を送る。

「霧島は李捜査官の担当だ。後で指示する」

二日目にしてハードな捜査になってきた。王華と伯龍会、日本と中国の組織を巻き込んで大掛かりな捕り物が始まろうとしていた。

それぞれのチームの目的とやるべき仕事を確認し、会議は解散した。

取締官たちが会議室から出て行く中、彩は大西に呼び止められた。隣には張主任が立っている。

「明日の朝、張主任を病院まで送ってくれへんか」

張主任が彩に頭を下げた。

「李雪梅《リシュエメイ》の様子を見たい。彼女の安否を確かめたい」

張の部下を心配する言葉に大西が応える。

「それやったら心配あらへん。明日は霧島がしっかり監視するさかい、大丈夫や」

会議の席で言われた李の担当とはそのことか。確かにまた暴走されると捜査に支障が出る。それに他にも不安はある。

「私だけで大丈夫でしょうか。林志強《リンチーチャン》は銃も所持しています」

「せやから、おまえにも銃の携帯を許可したやないか」

「しかし――」

そこに張が割って入る。

「いや、心配なのは、林志強じゃありません。李です。彼女は復讐のために私情で動いています」

大西が渋い顔で張を見る。

「そないな事情こっちには関係あらへん。だいたいあない危なっかしい捜査官、なんで任命したんや」

張が眉根を寄せて答えた。

「上層部の判断です。王華の壊滅にはどんな手段でも使うという覚悟です」

「それであの鉄砲玉みたいなねーちゃんをよこしたんか。せやけどここは日本や。勝手にドンパチやられたら敵わんがな」

「それについては申し訳ありません。すぐに彼女を本国に戻すようかけあってみます」

大西は頷きながら、彩に視線を移した。

「霧島、頼んだで。しばらくは病院で大人しくしてもろたほうがええやろ。張さんもよろしゅうたのんまっせ」

張は申し訳なさげに大西に頭を下げてから彩に顔を向けた。

「では、明日よろしくお願いします」

面会時間は十時からだ。事務所を九時過ぎに出れば十分間に合う。

「明日午前九時に事務所にいらしてください」

「では、今日はこれで。私はホテルに引き上げます」

律儀に挨拶をして張は事務所を出て行った。

「お行儀のええ奴やないか。あのお嬢ちゃんとはえらい違いやな」

大西がぼやいたとおり、同じ禁毒局の捜査官とは思えないほど性格の違う二人だった。

彩が会議室を引き揚げようとすると、大西が引き留めた。

「まだ帰らへんやろう。お客さんが来とるんや。おまえも同席せえ」

客。こんな時間に誰が来ているというのか。

彩は言われるまま、大西に付いて会議室を出て応接室に向かった。

4

応接室で待っていたのは堤だった。向かいに座っている男性は麴町署生安課の村尾だ。つい今朝、周美玲の件で聴取を受けたばかりだった。

「お待たせしてすんまへんな」

大西が詫《わ》びながら、村尾の前に座る。どうやら面識はあるらしい。大西が来るまで堤が相手をしていたようだ。

彩が村尾に頭を下げる。

「今朝はどうも」

「いやいや、こっちこそ三人で取り囲んで悪かったな」

今朝はまるで圧迫面接を受けているような感覚だった。苦笑いを浮かべる村尾に大西が反応する。

「こっちもこないな下っ端だけに任せて悪いなあ思うとったところですわ。何せわしらも人手不足でして」

言い訳をする大西を彩は睨んだ。すべて丸投げしておきながら、よくも言えたものだ。

大西は彩に顎をしゃくった。

「悪いけど、お茶いれてくれへんか」

まさかそのために呼んだのか。大西の横柄な態度に彩はむっとしたが、それを察知したように村尾が気を遣った。

「気遣いはいらねえよ。それよりも、こうして来たのは他でもない。殺された周美玲の件、刑事課でも捜査を進めているんだが、捜査線上に出てきたのは、王華の雇っているプロの殺し屋だ」

「殺し屋とは物騒ですね」

堤が聞くと村尾が頷いた。

「調べたところ過去にも同じような事件が新宿署の管轄であった。歌舞伎町の中国人マフィアの抗争でマフィアのボスが同じ手口で殺されている」

大西が手ぶりを交えて村尾に問いかける。

「同じ手口ちゅうと、こうナイフで心臓をぶすっとかいな」

村尾が認めたうえで説明を加える。

「検視の結果、ナイフには毒物が塗られていたことがわかった。心臓を狙った上に確実に殺すために切っ先に蛇から抽出した毒が塗ってあったみたいだ。クサリヘビが持っている出血毒だそうだ」

「おっかないやっちゃなあ。まるで毒蛇やないか」

大西のリアクションに村尾が何度か頷いた。

「その通り。殺し屋は通称、毒蛇って呼ばれているらしい。元人民解放軍の軍人で特殊部隊にいた男だそうだ。本名は袁一兵《ユアンイーピン》、プロの殺し屋だ」

元軍人の雇われ殺し屋とは、厄介な敵がまた一人現れた。大西が村尾に聞く。

「で、その毒蛇とやらの巣は見つかったんかいな」

「強行犯係でも行方《ゆくえ》を追っているところだが、まだ見つかってねえ」

大西が何かを思いついたように村尾に視線を向けた。時々、よからぬ計画を考える時に見せる表情だ。

「それやったら、他の運び屋も標的になっとるかもしれへんなあ」

村尾が身を乗り出して応える。

「俺たちも他の運び屋がターゲットになることを心配して、大西情報官からもらった運び屋を調べてみたんだ」

いつの間に村尾にそんなリストを。彩が大西に問いかけるような眼差《まなざ》しを向けたが、当の大西は無視したまま、村尾の話を聞いている。

「運び屋の一人、楊文香《ヤンウエンシヤン》の鑑を取ってみたら交際相手がわかった。加藤義一《よしかず》、三十二歳。東京税関に勤務してる」

大西が口元を緩めた。密売人と税関職員がつながった。堤が顎をなでながらため息を漏らして言った。

「税関職員ですか」

村尾が深刻な表情で堤と大西に伝える。

「密輸への関与を疑い、加藤を近く聴取するつもりだ」

「それがええやろな」

大西が言うブラックリストが本当にあるとしたら、他にも公職に就《つ》いている運び屋がいる可能性がある。村尾が先を続ける。

「もう一人の運び屋、水沢茜については元女優ということでネットでも情報があるが、所在や現況は摑めてない」

「それやったらこっちで摑んどる。うちの若いもんが昔逮捕したことがあるそうや」

大西が彩に顔を向けた。

彩は村尾に水沢茜について説明した。

「水沢茜、元女優、二年前にコカインの所持で二度逮捕歴があります。実刑の後、中国に渡航、現在大連に住んでいます。連絡を取りましたから、近いうちに接触できると思います」

村尾が納得したように頷いた。

「わかった。じゃあ、そっちはおたくに任せるよ。楊文香と税関職員との関係については、こちらでも捜査を進めてみる。もし何か新しい情報があれば連絡してくれ」

村尾がそう言うと、大西が相好を崩して村尾を見た。

「助かるわ。変な縄張り意識は持たんと、お互い協力しようやないか」

一番縄張り意識が強そうな大西が言うと説得力がなかったが、対外的にはそうは思われていないようだ。村尾が答える。

「もちろんだ。ただ、警察内は縄張り意識の強い刑事も多い。少し気を遣ったほうがいいかもしれねえな」

「わかっとるがな。うちかてそうや。まあ、お互い目的は同じじゃや。できるところは協力してやろうやないか」

村尾が大きく頷いた。

「じゃあまたな」

村尾が席を離れると、堤が応接室の扉を開けて村尾をエレベーターまで案内した。彩と大西も村尾を見送りにエレベーターホールまで一緒に歩いた。

村尾を見送ると、大西が堤に顔を向けた。

「さすが堤やな。警察に顔が利くだけあって助かるわ」

「村さんとは何度か合同捜査をしたことがありますから」

「これからもたのんまっせ」

大西は堤の肩をたたいて、早々に事務所に引き上げていった。

彩は堤の横に並んで廊下を歩いた。

「まさかわざわざ刑事さんが事務所に来るとは思いませんでした」

「向こうも情報を欲しがっているんだ。特に村さんは、組織のわだかまりよりも成果を大事にする。だから、村さんにだけは話したほうがいいと大西情報官に進言した」

やはり警察にパイプを持つ堤が間に入ったようだ。

「それよりどうだ、大西さんのチームは？」

堤が気にかけてくれているのはありがたいが、返答に困った。あまり心配をかけたくない。彩はありきたりの返事をした。

「初めての経験で勉強になっています」

「迷惑をかけていないか」

思わずどっちがですか、と聞きたくなったが、彩は口を噤《つぐ》んだ。

「大西さんの指示をよく聞けよ」

彩の行動が堤にどう伝わっているかはわからないが、堤は彩が大西に迷惑をかけていると思っているようだ。

「少し気になったんだが、水沢茜と連絡を取ったのか」

水沢を二度目に逮捕したのは堤が上司の時だ。取り調べには堤も同席している。

「ええ、彼女、今中国にいるそうです」

堤は話を聞いて遠い目をした。

「そうか、確か母親が中国人だったな」

「大連出身です。離婚した母親が先に中国に帰国して、水沢が後を追いかける形になりました」

「大連か、王華の拠点も大連だ。まさか運び屋に使われているとはな」

「どこで接点を持ったのか気になります」

中国に住むと決めたのは、薬物を断ち切るという決意からだった。女優としてそれなりに知られた日本ではなく、中国で新たにスタートを切るという決断に、彩も賛成したのを覚えている。にもかかわらず、よりによって中国の密売組織に使われるとは。

ふと、堤が何かに気づいたようにつぶやいた。

「水沢の母親はどんな経歴なんだ」

堤に言われて気づいた、そういえば、母親の素性は断片的にしか知らない。日本でホステスとして働いていて、客の日本人と結婚。その後、茜を出産したが、すぐに離婚。しばらく日本に滞在していたが、茜が成人したのをきっかけに中国に戻っているはずだ。それ以上は何も聞いていない。離婚の原因や帰国の理由もはっきりとは知らされていない。

「薬物で失敗した人間がなぜもう一度薬物に近づいたのか。普通なら薬物を遠ざけようとするはずだ。まあ、一度薬物を経験すると抜けられなくなるのも事実だが」

堤の言う通り、薬物を経験すると抜け出すのはかなり難しい。自ら近づいたという可能性も否定はできない。

「もしかしたら、母親と関係があるかもしれませんね。調べてみます」

「中国の捜査官に頼んだ方がいいかもしれないな。現地の事情は彼らの方が詳しい」

堤の的確なアドバイスにはいつも助けられる。彩は素直に返事をした。

「そうします」

「一段落《いちだんらく》したら一杯やるか」

「ぜひお願いします」

こうしたさりげない配慮もうれしい。一瞬だが、彩は堤のチームに戻りたいと思った。だが、大西のチームに配置換えになったのは、堤の親心でもある。後から聞いた話だが、彩を大西のチームに推薦したのは堤だった。海外の密売組織の捜査経験は、麻薬取締官として将来必ず役に立つ。堤の期待を裏切るわけにはいかない。

「何か困ったことがあればいつでも相談しろ。遠慮はいらん」

堤の配慮に胸が熱くなった。

「無理はするなよ。危険な仕事だという自覚は常に持っておけ」

堤の説教臭いところも相変わらずだ。だが、親心からだとわかるので有難く拝聴する。

彩は堤の言葉を受け止め、去っていくその背中をしばらく見つめていた。

5

彩は事務所のデスクに座り、パソコンを立ち上げた。過去の検挙者のデータベースから水沢茜を検索する。

水沢茜は過去に二度薬物事犯で逮捕されている。二度目の取り調べは彩がやった。二年前の二月三日、家宅捜索により薬物所持の疑いで任意聴取され、その際コカイン〇・二グラムを所持しており、現行犯逮捕されている。

当時の取り調べは所持を巡り、水沢と駆け引きを繰り返しており、最終的には自白を引き出した。ただ、プライベートの話、特に母親や生い立ちについては深く聞いていない。

彩はさらにさかのぼり、三年前、初めて水沢茜が逮捕された時の記録を調べた。その時の弁解録取書や供述調書、捜査報告書が残っているはずだ。そこに母親の情報もあるかもしれない。

データベースを検索すると、当時の身上調査書が見つかった。身上調査書は取り調べの時に作る調書のひとつで、生まれた場所や学歴、どんな仕事についていたかなど生い立ちをまとめたものだ。もちろん、家族構成や関係についても触れている。水沢茜についての生い立ちも簡単に書かれていた。

水沢茜。一九九五年東京生まれ。父親は建設会社に勤める水沢洋一《みずさわよういち》。母親は中国人で旧姓王美英《ワンメイイン》。新宿にある中国人クラブで水沢洋一と知り合い、交際。その後、結婚して茜を出産。茜が高校に入学した時に離婚。茜の卒業を待って母親は中国に帰国。その後の行方や仕事については詳しく書かれていない。日本に残った茜はアルバイトをしながら、芸能事務所に所属。グラビアの仕事をきっかけにデビューし、ドラマにも出演歴がある。

彩は麻薬捜査に関わる司法機関のデータベースにアクセスした。麻薬事犯に関する情報を共有するため、過去の犯罪・事件記録がデータベース化されており、司法捜査員はアクセスすることができる。これによって、警察が扱った薬物事犯についても照会ができる。

彩はデスクに戻り、データベースにアクセスした。王美英の名前を打ち込み、検索をかける。ヒットが一件もない。つまり、母親には逮捕歴がないということだ。データベースに入っているのは日本国内の事件だけだ。中国で発生した事件についてはわからない。堤に言われたとおり、中国公安部の助けを借りるべきか。明日、張に会った時に相談してみよう。

彩はパソコンをシャットダウンした。まもなく午後十一時になる。終電の時間が迫っている。帰宅の準備をしようとした時、スマホが震えた。新着のショートメールが入った。ディスプレイを見た。水沢茜からだ。

《今電話大丈夫ですか》

絶妙なタイミングだった。彩は返事を打ち返す。

《大丈夫よ》

ショートメールを送ってから一分後、着信があった。心臓が高鳴る。なるべく、普段通りに話す、そう決めて電話に出た。

「霧島です」

「ごめんなさい、夜分遅くに」

「いいのよ。ちょうど仕事が終わったところよ」

「いつも遅いのね」

「今日はちょっとね。どうしたの？」

「急だけど、明後日帰国するの。会えないかしら」

急な予定に彩は戸惑った。

「ちょっと待って」

スケジュールを確認する振りをして考える。明後日、三月十四日。中国はまだ春節のはずだ。あえて彩に連絡をしてくるということは、運び屋はしないと考えてよいだろうか。ともかく、茜に会うべきだろう。

「ごめん、お待たせ。大丈夫よ。時間は？」

「決まったら連絡するわ。多分午後の羽田便になると思う」

「わかった。連絡ちょうだい」

「うん、じゃあね」

三分程度の会話だったが、彩は自然にふるまえたかどうか、もう一度振り返った。不自然な会話はなかった。ただ、もう少し突っ込んで聞けたのではないか。帰国の目的、滞在期間、宿泊場所、誰に会って何をするか。いや、焦ってはだめだ。会ってからじっくり聞けばいい。それまでに調べることが色々とある。

気が付けば、もう終電の時間は過ぎていた。今日もタクシーか。

彩は重い腰を上げ、荷物をまとめて事務所を離れた。

第四章　ブラックリスト

1

午前九時過ぎ。彩は九段下の事務所に張《ジャン》を迎えに行った。張はすでに会議室で待っていた。彩は張に声をかけて、買ってきた缶コーヒーを手渡した。

「ありがとうございます」

「昨日は休めましたか」

「ええ、まあ」

張は歯切れの悪い返事で視線を逸《そ》らせた。仲間がトラブルを起こして負傷したのだ。落ち着いて眠れるはずもなかっただろう。

「出かける前にひとつお願いがあるのですが」

「なんでしょう」

「この人物を調べてほしいのです」

張にメモを渡した。昨日のうちに、水沢茜と母、王美英《ワンメイイン》についての情報をメモにまとめていた。張がメモを見て彩に聞いた。

「この女性は？」

「そちらから情報提供していただいた運び屋の一人です。母親は中国人で大連在住、娘は母親と暮らしているはずです。以前、私がその運び屋を逮捕しました」

張がもう一度メモに目を落とした。

「岬あかり、本名水沢茜。元女優ですか。わかりました。調べてみましょう。調書はありますか」

「用意しております」

調書のコピーはとっておいた。情報は多い方がいい。彩は調書をまとめたファイルを張に渡した。

「少しお借りしてもよろしいですか」

「もちろんです」

張はカバンにファイルをしまった。

「では参りましょう」

彩は事務所の地下駐車場に張を案内した。病院までは捜査車両のレボーグを借りている。張を助手席に乗せて、彩は車のエンジンをかけた。豊洲までは三十分程度。その間、張から公安部の情報を聞き出すつもりだ。

車を駐車場から出し、西神田インターから首都高に乗った。神田橋《かんだばし》まで一キロメートルの事故渋滞につかまった。張は助手席で大人しく外を見ている。車が徐行し、車列の後に並んだタイミングで張に話しかけた。

「張主任はこのお仕事長いのですか」

「もう二十年以上になります」

「なぜこの仕事に？」

張は眉間に皺《しわ》を寄せた。

「王華《ワンホワ》を潰すためです。過去、何人もの同僚が奴らのせいで殺されました。これは戦争です」

張の言葉からも王華に対する強い執念を感じた。

「その戦争はいつまで続くのですか」

「どちらかが潰れるまでです。我々は必ず勝ちます」

もしかすると、張にも李と同じように暗い過去があるのかもしれない。だが、それを聞くのは憚《はばか》られた。すると、張が彩に質問した。

「あなたはなぜこの仕事をしているのですか」

彩は張の質問にやや戸惑ったが、隠しても仕方がない。

「弟が規制薬物の犠牲になりました」

「あなたは弟か」

それは明らかに誰かを意識した言葉だった。

「張さんの身内も薬物の犠牲に？」

「いえ、私ではありません。李《リ》のことです」

大西からその話は聞いている。

「李の父親も捜査官だったそうですね」

「私の先輩でした。潔癖な捜査官でした。潔癖な捜査官で不正を嫌っていました。その血が李にも流れています」

彩は頷いた。張の言う通り、李には、捜査だけではない強い復讐心を感じていた。

「だから、危険だ」

張は強い口調で続けた。

「李にとって薬物との戦いは復讐です。彼女は王華徳《ワンホワディ》を殺すことしか考えていません。あれでは逆に王に殺されてしまう」

張の警告に彩も納得した。現に李は林志強《リンチーチヤン》に撃たれ、負傷している。

「李を止めなければ」

「部下思いなのですね」

張は彩の言葉に反応しなかった。張の横顔を見た。感情が読み取れない。何か気に障ることを言ってしまったのだろうか。会話はそこで途切れてしまった。

渋滞が解消され、車が流れ出した。車は湾岸線に入り、彩は豊洲インターで首都高を降りた。

「もうすぐ病院に着きますよ」

張は黙ったまま頷いた。張はどこか心を閉ざしたように彩と目を合わせない。彩はナビの指示どおり、市街地を走り、病院の駐車場に車を停めた。

2

午前十時十五分。

彩は張とともに東和医科大学病院に入った。ロビーを通り、病棟に移動した。

李の病室は二〇五室。昨日は深夜まで鷹村が、その後、交替で篠崎が病院に張り込んでいた。大西の指示だが、手厚く見張りを置くのは他でもない。李が持っているはずのリストを気にしているのだ。李はまだ手に入れていないと言っていたが、もし李が持っていて、それを王華が狙っているとすれば危険だ。そのこともあって見張りをつけていた。

病棟の休憩スペースに篠崎がいた。彩に気づいて立ち上がる。

「ようやく交替ですか」

「お疲れ様。何か変わったことはあった？」

「病院は平和そのものですよ」

「そう、よかった」

彩は篠崎と張とともに李の病室に入った。李はベッドの上で眠っていた。腕に点滴がつながれ、肩に包帯が巻かれている。

ベッドに近寄り、様子を覗う。目を瞑っているが、表情は穏やかだ。篠崎に聞いた。

「容態は？」

「手術は成功したそうです。まだ鎮痛剤が効いています。昨日からずっと眠っていますよ」

張がベッドの傍に寄った。視線が李の肩を見つめていた。病衣の上から肩をかすめた銃創がなんとなくわかる。

張が彩に顔を向けた。

「霧島さんは現場にいたのですか」

「ホテルの隣の部屋で銃声を聞いてすぐに駆けつけました」

「李が撃たれたところを見ましたか」

「いえ、部屋に入ると、李さんは倒れていました。林志強が銃を構えていました」

「最初に撃ったのは林だと？」

はっきり見たわけではない。大西は疑っているようだが、状況的には李が撃たれた可能性が高い。

「恐らくそうだと思います」

「本当に先に撃たれたのですか」

やはり張も疑っているようだ。李の強い復讐心がそう思わせるのかもしれない。彩は部屋に入った時の状況をもう一度思い出した。

「どちらが先に撃ったのかはわかりませんが、部屋に駆け付けた時、林志強が銃を構えていました。床に李の銃が転がっていて、李は肩から出血していました」

張がもう一度李の顔を見る。静かに寝息を立てて眠っていた。

「しばらく休ませましょう」

彩が張に言うと、張はベッドから離れ、病室を出た。彩も病室から出ると、篠崎も続いた。篠崎が眠そうに目をこすりながら彩に訴えた。

「じゃあ、今日は非番なので失礼します」

「お疲れ様。ゆっくり休んでね。張さんはどうされますか」

「しばらく病院にいます。少し周辺を調べてみます」

張はそう言うと、一人で病棟の廊下を歩いて行った。篠崎が彩に顔を向ける。

「いいんですか、一人にして」

「子供じゃあるまいし。それに張さんは日本語ぺらぺらだから大丈夫でしょう」

「そうですか。じゃあ、後はよろしくお願いします」

篠崎は彩に頭を下げて、病院を引き揚げた。

彩は病棟に戻り、李の病室の引き戸を開け、中に入った。突然横から誰かに肩を押さえられた。咄嗟に振り返ると、李の顔が近くにあった。いつのまにか腰に手が回されている。

「今度はちゃんと携帯してきたのね」

彩は腰のホルスターに収めていたコルト・ディテクティブを奪われた。耳元に銃口が触れる感触があった。

「なんのつもり？」

「悪いけどここを出る」

どうやらさっきまで眠っていたと思っていたが、演技だったようだ。

「まだ傷が治っていないでしょ。それに捜査に戻りたいならこんなことしないで張主任に言えばいい」

李の突然の暴挙に戸惑いながらも冷静になだめようとした。だが、李には通じないようだ。

「あなたは何もわかっていない。張は王華と癒着している」

張と王華が癒着？　戸惑いながら李に聞いた。

「どういうこと？」

「張は王華の上層部とつながっている。彼は買収されているのよ」

にわかには信じられなかった。李の作り話だとも考えられる。

「なぜそんな捜査官が派遣されているの」

「公安の上層部も同じよ。王華は何人もの捜査官を買収している。張もその一人。彼が派遣されたのは、王華に捜査情報を流して、王蕾《ワンレイ》を国外に逃がすためよ」

張は正式に公安部から派遣された捜査官だ。そんなことは大西以下、誰も知らないし、信用もしないだろう。

「どうやってあなたを信用しろというの」

「信用してもらおうとは思っていない。ここから出て、王蕾を探す」

「一人でやるつもり？」

「そうよ」

「できると思っているの」

「あなたには関係ないわ」

李は体の向きを変えて、銃口を彩の目の前に向けた。撃たれた右肩をかばうように、左手で銃を握りしめている。まだ痛みは残っているはずだ。彩は李の手元を凝視した。李は病衣を身に着けている。

「そんな恰好《かっこう》で外に出たらすぐに警察に捕まるわ」

李は一瞬視線を落とし自分の服を見た。銃口を彩に向けたまま、彩との距離を取る。

「撃てるもんなら撃ってみなさい」

李を挑発した。他国の司法捜査官に発砲すればただでは済まないことぐらいわかっているはずだ。

「私が撃たないと思っているのね」

李は安全装置を外し、撃鉄《げきてつ》を起こした。これでいつでも発射できる。本気かどうかはわからない。だが、李の強い熱気が彩に伝わってくる。

「できればあなたを怪我させたくない。今すぐ服を脱いで」

彩は静止したまま答えなかった。発砲すればすぐに看護師が駆け付ける。病院にはまだ張もいる。ここは時間稼ぎをしたい。だが、李もそれはわかっているはずだ。李は銃を向けたまま近づいてきた。咄嗟に腕を取ろうとしたが、李の拳が早かった。顔に強い衝撃を受けて、彩は床に倒れた。起き上がろうとすると、李が素早くベッドから枕を取って、覆いかぶさるように襲い掛かってきた。顔に強い圧迫感があった。枕を押し付けられている。

「これで発砲しても音は最小限よ。あなたを無力化させて、逃げることなんて簡単にできる」

強い力で押さえつけられて息ができない。体を反転させようとしたが、自由が利かない。

「言う通りにする？　それともしばらく入院する？」

強い力で顔を押さえつけられ、呼吸が苦しい。撃たれる前に窒息しそうだ。彩は抵抗をやめた。

「わかった。言う通りにするわ」

密着していた枕が離れ、解放された。李がなおも銃口を向けている。仕方なく、彩は着ていた黒いスーツの上下を脱いだ。

「シャツもよ」

彩が仕方なく下着姿になると、李は再び銃を向けながら、今度は彩を強い力でベッドに押し倒した。李が上から覆《おお》いかぶさるように馬乗りになる。

「悪いけどあなたに邪魔をされたくないの」

「私はあなたの味方よ」

「私に味方は必要ない。周りはすべて敵。信じられるのは自分だけよ」

李は自ら脱いだ病衣で彩の手をベッドの柵に縛り付けた。両手を固定され、身動きができない。李はベッドから降りて、彩が脱ぎ捨てた服に素早く着替えた。

「しばらくすれば看護師が来るわ」

李はそう言い残して、病室を出て行った。

3

縛られた状態のままではナースコールを押すことができない。大声を出して看護師を呼ぼうとしたとき、ちょうど部屋に張が戻ってきた。張は彩を見てすぐ声を上げた。

「どうされました？」

「李が逃げました」

張はため息をつくとベッドに近寄り、縛られた両手をほどいた。

「李の行方は？」

「わかりません」

「外を見てきます」

張はそのまま病室を出て行った。張と入れ替わりに看護師が病室に入ってきた。

「大丈夫ですか」

看護師の目が彩の額《ひたい》に向いた。

「血が出ていますね。手当てします」

彩は看護師に言われ、額に触れると指先に血が付いた。殴《なぐ》られた時に切ったのだろう。看護師が病室にあったガーゼで傷口を押さえる。痛みはない。出血もさほどひどくはない。応急処置で十分だ。それより李の行方が気になる。

「患者が逃げ出しました。すぐに院内を探してください」

「患者、李さんが――」

慌てる看護師に彩は言った。

「すみませんが電話を貸してもらえますか」

スマホを上着のポケットに入れたまま李に奪われた。このままでは連絡が取れない。

「わかりました。ただ、その恰好はまずいので、何か着てもらえますか」

そういえば李に衣服を渡し、下着姿だった。彩はベッドから降りると、病衣を羽織り、看護師と一緒にナースステーションまで歩いた。

看護師は彩を電話の前に案内した。

「この電話を使ってください。私は警備室に報告します」

彩は大西のスマホに電話しようとしたが、番号が思い出せない。仕方なく事務所の代表にかけた。電話に出た女性職員に大西の在所を確認する。職員がすぐに返答する。

「少し待って下さい。今替わります」

幸いまだ事務所にいるようだ。しばらくすると、電話口に大西のダミ声が聞こえた。

「事務所の電話にわざわざなんや？」

「李に逃げられました」

大西の怒鳴り声が聞こえるかと思ったが、予想に反して大西は冷静だった。

「相手は怪我しとるんやろう」

「油断しました。最初から逃げるつもりで隙を狙っていたようです」

「おまえがぼうっとしとるからやろうが」

何も言い返せなかった。

「どこにおんのや？」

「ナースステーションです。スマホと銃を奪われて病室に拘束されていました」

大西の呆れた声が返ってきた。

「おまえアホか。張さんは一緒ちゃうんか」

「張さんが病室を離れた時にやられました。彼は今、李を探しています」

大西が電話口で舌打ちした。

「しゃあないやっちゃなあ。今更探しても見つからへんやろう。事務所に戻ってこい」

「わかりました」

彩は電話を切り、病室に戻った。この恰好では外に出られない。部屋を見回した。ロッカーを開けると、李の服がかけられていた。黒い細めのトラッドスーツに黒いブラウス、黒いジャケット。すぐに病衣を脱いで、着替えた。上下ともにサイズはぴったりだ。

上着のポケットに膨らみがある。中を探ると中国製のスマートフォンが入っていた。ディスプレイにいくつか非通知の着信がある。番号を確認しようとしたが、ロックがかかっている。

病室をいったん出て、ナースステーションに行き、もう一度電話を借りた。事務所にかけて大西を呼び出す。

「今度はなんや」

「李は私のスマホを持っています。追跡すれば居場所がわかります」

支給品のスマホはGPSで場所を追跡できる。ついこの間も大西に千鳥ヶ淵を散歩しているところを追跡されたばかりだ。

「たまには頭が働くようやの。こっちで調べてみるわ」

「それと、李のスマホを入手しました」

「なんか手がかりでもあんのか」

「パスワードがわからないので開けません」

「ほな、それ持ってはよう戻ってこい」

言われなくてもそうするつもりだ。電話を切ったのと、李のスマホが震えたのが同時だった。ディスプレイには非通知と表示されている。彩は通話ボタンを押した。

「ウェイ」

男の声で中国語が聞こえた。彩は無言のまま次の言葉を待った。

「シャオリー、タンシンラ」

彩は咄嗟に思いついた言葉を話した。

「ニーシーシュイ」

昨日、何度か聞いたフレーズだった。中国語で「あなたは誰？」という意味だ。

「ニーシブシシャオリー」

伝わったのかどうかはわからないが、相手が不信感を持ったのはわかった。しばらく沈黙が続いた後、通話が切れた。どうやら相手は電話に出たのが李ではないと気づいたようだ。

彩はスマホを手に病室に戻った。病室には張が戻っていた。張は彩の姿を見るなり、立ち上がって言った。

「シャオリー」

その単語がさっきの電話と重なった。声質は違うが、同じ発音だ。彩が思わず聞いた。

「今なんとおっしゃいました？」

張が近づき、彩の顔を凝視する。

「霧島さんですか。見覚えのある李と同じ服を着ていたのでつい。なぜ李の服を？」

「李は私の服と拳銃を奪って逃げました。仕方なく彼女の服を」

張の表情が変わった。眉間に皺を寄せて、額のガーゼに目を向けた。

「大丈夫ですか」

「なんとか。彼女のスマホを見つけました。さきほど着信があって、相手がシャオリーと」

「そう言ったのですね」

「はい。シャオリーは李のことですね」

「そうです。職場ではそう呼ばれていました」

だとしたら、かけてきたのは同僚なのか。彩は李が話していた言葉を思い出した。張に対する疑惑。王華との癒着。それが本当だとすると、着信は李の仲間からか。だが、ここで張に問いただすわけにはいかない。

「とにかく、一度事務所に戻りましょう」

張が頷くと、彩たちは病室を出て駐車場に向かった。

4

午前十一時半。彩は最悪な気分で首都高を運転していた。

横目で張を見た。張は車に乗ってから終始無言だった。顔を歪めながら、窓の外を見ている。それにしても肝心な時にいないとはまったく役に立たない。何をしに病院に行ったのか。と、その時、彩は張が話していたことを思い出した。

——王華の壊滅にはどんな手段でも使うという覚悟です。

張が話したのは、なぜ李が捜査官として任命され、日本に派遣されたかだ。王華に対する復讐心を利用して捜査をしろという上層部の指示があったとすれば、李を逃がしたのはわざとかもしれない。だが、それはあくまでも彩の推測だ。負傷している李をわざわざ逃がすだろうか。

もう一つ気になるのは李が話していた中国公安部内の癒着だ。公安部と中国マフィアの間につながりがあるのなら、李は邪魔な存在だ。病院には監視もついていて下手なことはできない。自ら病院を出て行けば、王華が始末する。いや、これも考えすぎだ。第一、李が言っていることが本当かどうかもわからない。もし李が嘘をついているとしたら——。

彩は探りを入れようと、張に話を振った。

「なぜ李は病室から抜け出したのでしょうか」

張はしばらく黙ったまま視線を外していた。彩が張を促すように推論を話す。

「復讐のためですか」

張がため息をついてから答えた。

「事情は複雑です。公安部も一枚岩ではありません。捜査方針についても色々と込み入った事情がありまして」

「どういうことですか」

「派閥ですよ。公安の上層部にも派閥争いはあります」

どうも話をはぐらかされているようだ。彩は思い切って癒着の件を切り出した。

「それは公安の上層部が王華と癒着しているということですか」

張が訝しげな眼で彩を見た。

「なぜそんなことを？」

「李が話しました。王華と癒着している捜査官がいると」

あえて張の名前は出さなかったが、恐らく気づいているだろう。

「バカな。本気でそんな話を信じているのですか」

「真偽はわかりませんが、疑ってみる必要があります」

「李の戯言《ざれごと》ですよ。過去マフィアとの関係は確かに存在しましたが、党が汚職を厳しく取り締まり、今ではつながりのある人間はいません」

張の言い分を鵜呑みにはできないが、これ以上踏み込むのは危険だと感じた。

「それよりも李を探すのが先でしょう」

張が本気で李を探そうとしているかどうかはわからない。ただ、張の言うとおり、李は危険な存在だ。早く見つけて暴走を止めなければならない。

「まずは手がかりを当たってみましょう」

張は頷くと、再び視線を窓の外に向けた。

彩はハンドルを切り、西神田インターで首都高を降りた。


午後十二時二十分。九段下の事務所に戻ると、張と一緒に大西のデスクに向かった。大西は彩の顔を見るなり、早速嫌味を言い放った。

「またやってくれたのう。おまえと一緒に仕事すると忙しゅうて敵わんわ」

「申し訳ございません」

彩は頭を下げて恭《うやうや》しく謝罪した。

「謝られてもしゃあないわ。夕方打ち合わせするさかい、それまで事務所で大人しくしとき」

大西は立ち上がり、彩を置いてさっさと事務所を出て行った。

あきれた顔で張が彩に言う。

「だいぶ怒っているようですね」

「いつものことですから」

同情するような表情で張は頷いた。

午後五時。大西から呼び出され、彩は張とともに会議室に入った。

会議室には倉田と杉本がいた。他の大西チームのメンバーの姿はない。彩は大西に聞いた。

「李の居場所がわかったんですか」

仏頂面で大西が彩に言い返す。

「ええから、はよう座らんかい」

張と共にテーブルにつくと、倉田がパソコンを操作した。画面を大西に見せる。グーグルマップが開いていた。

倉田が地図を見ながら説明する。

「霧島のスマホを追跡した。李の行き先の見当がついた」

彩が倉田に質問する。

「どこですか」

「羽田空港にしばらくいてから移動、その後新宿だ」

「羽田空港？　いったい何のために？」

　倉田が首を横に振ってから返す。

「目的はわからない。だが、新宿は見当がつく」

「新宿に何があるんですか」

　大西が口を挟む。

「伯龍会の事務所や」

　伯龍会の総本部は新宿歌舞伎町にある。だが、李が追っているのは王蕾のはずだ。

「李はなぜ伯龍会の事務所に？」

「決まっとるやろうが、王華は伯龍会に接触しようとしとる。シャブの卸先として伯龍会と関係を強化しようちゅうことや。台場のホテルじゃ邪魔が入ったさかい、改めて仕切り直しちゅうことやろうな」

　彩が聞きたかったのは、なぜ王蕾が伯龍会の事務所に行くという情報を李が知ったのかだ。

「李はどこからその情報を？」

「知らんわ。どこぞの誰かと通じとるのかもしらん」

　李は張の汚職をにおわせるような暴露をしたが、当の李も組織の人間とつながっているというのか。

大西はちらりと張に視線を向けた。張は大西の視線を無視した。

そこに倉田が話を挟んだ。

「内偵している鷹村からの情報では、伯龍会の事務所に晄仁会会長の輝本《てるもと》と若頭の日下、幹部の佐々木が入ったそうです。王華と接触する可能性が考えられます」

晄仁会は伯龍会の中核組織で輝本は執行部にも名を連ねている。日下と佐々木は、台場のベイサイドホテル東京で王蕾と会っていた。王蕾との密談を再びセッティングしている可能性は否定できない。

「王蕾と伯龍会の幹部が会うちゅうことは、シャブの話になるやろうな。内偵しとる連中にも動きを探らせとる。問題は奴らが会う目的や」

シャブの話と言ってもブツの受け渡しではないはずだ。つい昨日麻取の捜査が入ったばかりだ。そんなリスクを冒すはずがない。

「何が狙いでしょうか」

大西は口角を上げて応えた。

「ブラックリストや」

ブラックリスト。運び屋のリストがなぜそこで出てくるのか。

「中国語で黒名単《ヘイミンダン》ちゅうらしいな。あいつらそれを探しとるんちゃうか」

大西が獲物を前にした蛇のような目つきで張を見た。

「張さん、あんたわしらに話しとらんことがあるやろう」

張は大西の視線を避けるように、顔を逸らした。

「話せんことなんやろうが、これ以上そちらさんの事情とやらで捜査をかきまわされたないねん。そろそろ腹わって話そうやないか」

張の顔が歪んだ。

「ブラックリストについてどこまでご存じなのですか」

張が大西に探るように聞く。

「まあ、そりゃあ、やばいリストやっちゅうことぐらいは知っとるで。あんたらが王華に金払って譲り受けようとしとるくらいやからな」

彩は思わず張の顔を見た。張は厳しい表情で大西を睨む。どうやら大西は何かを知っているようだ。

「リストの中に表《おもて》に出たらまずい名前があるちゅうのはわかっとる。そこでや、わしらもそのリストが欲しいんや。特に、今回の税関職員みたいな、己《おのれ》の立場を利用して悪さしとる連中のリストがな」

大西の狙いがわかった。そしてブラックリストの正体もだ。

「どうや、取引せんか。おたくがリストを手に入れたら、わしらが欲しい分を買い取らせてもらえんやろか。奴らもシャブ売るよりもリスト売って儲けたほうがヤバい橋渡らんでもええやろう」

彩は思わず大西を睨んだ。この人はヤクザを買収しようというのか。彩が大西に詰めよる。

「大西情報官、それは暴力団からリストを買おうという意味ですか」

大西が舌を鳴らして、否定する。

「ちゃうわい。わしは張さんからリストを買うんや。ヤクザからやないで」

同じではないか。密売組織に資金をくれてやるようなものだ。奴らはその金で新たな運び屋を作り、薬物の密輸を繰り返す。

「張さん、あんたリストを持っとるんやろう」

大西の鋭い視線に張が首を垂れた。

「リストは我々の手元にありません。王蕾の頭の中にあります。だからこそ我々のターゲットは王蕾なのです。密輸ルートの管理をしているのも王蕾です。表に出てしまったリスト、即ち素性がばれた密売人の掃除も彼女の仕事です」

「ちゅうことは毒蛇の雇い主は王蕾ちゅうことやな」

「おそらくそうです」

「せやけど、王が密売人たちを管理しとるんなら、どうやって李はリストを手に入れたんや」

「独自の方法で入手したそうです」

言葉を濁す張を見て、大西が何かに気づいたように目を光らせた。

「つまり、なんらかの方法で王に近づいて、聞き出したちゅうことか」

張は歯切れの悪い言い方で答えた。

「そういうことです」

「せやからあんたらは李を疑っとんのやな。つまり、李は王華と何らかのパイプをもっとる可能性があるちゅうことや」

張は肯定も否定もしなかった。表情からはその真意は読めない。

「それはそうと李は何をしようとしとんのや」

「李の目的はリストではありません。王への復讐です。リストを入手したのは王蕾の密輸の証拠を見つけるためです。李は曲がりなりにも捜査官です。殺さずに逮捕したいと思っているのでしょう。その一方で李には殺された父への復讐をしたいという気持ちもあります。王蕾を殺すチャンスがあれば捜査官であることを忘れ、復讐を果たすかもしれません」

ベイサイドホテルでの銃撃はまさに李にとってはチャンスだった。だが、失敗した。李は次の機会を狙っているはずだ。

張が大西に顔を向ける。

「李が王たちと接触する前に押さえられませんか」

「もちろんそのつもりや。晄仁会がちょろちょろ動いとるんは、表に出た密売人を掃除しようとしとるんやろう。本家が出てくるちゅうことは新たな密輸ルートについて内緒話もしたいんとちゃうか」

だとすればリストの保持者である王蕾と直接話さなければ、リストの内容はわからない。そこを狙って李はリストそのもの、つまり王蕾を殺そうとしている。

張は使命感を湛《たた》えた目で大西に言った。

「李の暴走を止めて、リストを取り返し、運び屋を逮捕します。それが私の任務です」

「その運び屋のリストやがな、自分の首絞めることになるんとちゃうか」

大西はリストの中に中国公安部の上層部がいるのではないかと疑っているのだろう。同時に彩は張に疑いをもった。もしかすると、張は李が暴走して殺されるのを望んでいるのではないか。もし大西が考えている通り、王蕾が管理しているリストに公安の関係者の名前が並んでいて、李がそのリストの一部を入手しているのであれば、公安部にとっては李と王、二人が死んでくれるのが理想のシナリオなのだ。

だが、張はそんなことをおくびにも出さず真剣な目で言い切った。

「我々は汚職撲滅を使命にしています」

張の言葉は汚職を隠蔽しようとする勢力の存在を肯定している。しかし張がどちらの側なのかはっきりとはわからなかった。

大西が大きく両手を打った。

「ともかく李の暴走を止めたうえで、王蕾を確保せなあかん。倉田、李は今どのへんや」

GPSを調べていた倉田がパソコン画面を見た。

「新宿駅で止まったままです」

「伯龍会の方はどうや」

「まだ事務所を出ていません」

「ここは手分けや。わしらは伯龍会の内偵に合流する。霧島、おまえは李の確保や。杉本と一緒に新宿駅に行くんや」

張が大西に訴える。

「私もご一緒します」

「ええやろう。はよう行け」

彩は張を連れて杉本とともに駐車場に急いだ。

第五章　追跡

1

午後六時半。彩は杉本の運転で張《ジャン》とともに新宿に向かっていた。

捜査車両のハリアーは靖国《やすくに》通りを走りあと十分もすれば新宿区に入る。李《リ》の確保が最優先課題だ。李が持っているスマホの位置情報は、新宿駅の構内を示していた。伯龍会の事務所は歌舞伎町の区役所通り近くのビルにある。これから接触しようというのか、それとも駅で待機しているのか。ともかくスマホの位置情報を頼るしかない。

取締官たちは拳銃を携帯し、防弾チョッキを身につけている。現場で王蕾《ワンレイ》たちと接触する可能性が高い。王のボディガードの林《リン》は銃を所持している。李も彩から奪った拳銃を持っている。復讐心に駆られた李は何をするかわからない。銃撃戦への備えが必要だと判断された。

「駅の構内を探したって見つからない気がしますけどね。早いところ大西さんに合流したほうがいいんじゃないですか」

運転する杉本の愚痴に彩が応える。

「現場に李が来る前に身柄を押さえろっていう大西さんの指示でしょ」

「でも、駅にずっといるとは思えないんだけどな」

杉本の言うこともっともだ。ターゲットの動きを捕捉しているとすれば、王蕾も新宿駅にとどまっているということになる。だが、車で移動しているはずの王が駅にいるとは考えにくい。

「うちの捜査官のせいですみません」

後部座席に乗っている張が身を乗り出して言った。

同じ公安部の捜査官として謝罪しているのだろうが、彩には信用できなかった。王華と公安部の癒着が疑われている中、張を現場に連れていくリスクを大西に訴えたが、大西はあえて張の同行を許した。

大西からは、しっかり見張っておくようにと指示が出ている。張の動きに目を光らせているが、今のところ怪しい行動はない。

杉本が新宿駅東口近くのコインパーキングに車を停めると、彩は一人で駅構内に入り、新しく支給されたスマホから李の位置情報を確認する。位置情報は基地局からの信号で推定されるが、ピンポイントで場所がわかるわけではない。そこでGPSを使ってスマホの正確な場所を探知するよう手続きを踏んでいた。場所の情報がショートメールで送られてきた。JR新宿駅西口の改札付近にマークされている。彩は西口からJRの改札に向かって駅の構内を歩いた。その時、スマホが震えた。大西からだった。

「どや、李は見つかったか」

「携帯の位置情報は西口改札付近を示しています」

携帯の位置情報は新宿駅から動いていない。

「李の携帯に非通知で着信があったでえ。相手はわからへんが、誰かが接触しようとしとるんかもしれへんで」

そういえば、病院で李のスマホを見つけた直後にも着信があった。中国人の男からだ。もし李がその男と連絡を取ろうとしているのであれば、スマホを所持していないことを何らかの手段で伝えているはずだ。連絡を取る相手がわかっていれば、そもそもスマホを置いていくはずがない。嫌な予感が頭をよぎった。

「李のスマホは今誰が？」

「わしが持っとる」

「今どちらに？」

「もうすぐ伯龍会の事務所や」

彩は改札前で足を止めた。改札を出たところにコインロッカーがある。もしかするとスマホはこの中にあるのではないか。彩は咄嗟に大西に叫んだ。

「すぐに李のスマホの電源を切ってください」

「どないしたんや、急に」

「追跡されている可能性があります」

「なんやて」

「李がわざわざスマホを置いていったのは、大西情報官たちの監視拠点を探るためかもしれません。我々はGPSで李の動きを監視していると思っていましたが、監視されていたのは我々のほうなのかもしれません。もしそうだとしたら、李は新宿駅にはいません」

咄嗟に思いついた読みだ。スマホという手がかりをわざと残し、捜査地点を探り出す。同時に、捜査をかく乱する。大西も気づいたようだ。

「すぐにこっちに合流せえ」

彩は電話を切ると、杉本の携帯にかけた。

「大西情報官からすぐに合流しろと指示があった」

「李は？」

「恐らく現場に向かっている」

「わかりました。パーキングで待機しています」

彩は電話を切ると、駅構内からパーキングに向かって走った。杉本に合流し、車を発進させた。

すぐに大西の携帯に電話する。大西は電話に出るなり、捜査情報を伝えた。

「ターゲットが動いたで。靖国通り沿いの中華料理屋や」

靖国通りなら歩いていける距離だ。車を降りて、大西たちに合流できる。

「今からそちらに向かいます」

「『荘龍園《そうりゆうえん》』ちゅう店や。西口から真っ直ぐに歌舞伎町方面に向かって来い。靖国通り沿いに捜査車両を停めた。気づかれんよう来るんや」

大西が電話を切ると、彩はナビに店の情報を打ち込んだ。徒歩三分の距離だ。ここからなら歩いて行った方が早い。

「悪いけど、店の近くに車を停めて。私たちは歩いていく」

彩は車を降りて、張とともに店に向かった。

2

午後七時十五分。荘龍園という看板の店の前、靖国通り沿いに大西が乗っている黒いワンボックスを見つけた。周囲に気を配りながらドアを開ける。ワンボックスの後部座席には大西がいた。運転席に速水、助手席に鷹村が座っている。倉田の姿は見えない。どうやら大西とは別行動をとっているようだ。

「どうですか」

彩が聞くと、大西はちらっと車窓から店に視線を向けた。

「王蕾を待っとる間に役者が揃ったで。伯龍会の若頭補佐牧村《まきむら》と幹部の石田《いしだ》や。晄仁会の連中も一緒やで」

伯龍会の幹部と中核組織の組員総勢五人が集まっている。

「あとは王蕾の登場を待つだけや」

「どうするつもりですか」

密売組織のトップが集っているとはいえ、ブツがなければ手が出せない。

「心配せんでもええ。わしに考えがある。全員が揃ったところで、まずは顔合わせや」

どんな考えかは話さず、大西はにやにや笑うだけだった。

他の取締官を見たが、どの顔も緊張感に満ちている。大西からどんな指示があったか知らないが、彩には教えてくれないようだ。隣に座る張は黙ったまま、店の周囲に目を光らせている。恐らく李の姿を探しているのだろう。その時、彩が気づいた。

まさか、大西も李を利用しようとしているのではないか。李が騒ぎを起こせば、相手も動く。

隣に座っていた張が小声で囁いた。

「王蕾です」

「どうや？」

大西が鷹村に確認した。双眼鏡で店を監視していた鷹村が呟いた。

「王と林が車を降りて店に向かっています」

「よっしゃ、スタンバイや」

彩は窓の外に視線を向けた。王蕾の傍らにはぴったりと林志強《チーチャン》がついている。

大西が車内にいる取締官全員に無線を渡した。彼らが耳にイヤホンを着けるのを確認して、大西が指示を出す。

「速水は車で待機。わしと鷹村、霧島で乗り込む。杉本には店の外を見張らせるんや」

張が大西に体を向けた。

「私も同行します」

「あかん、張さんは車に残ってもらう」

「王蕾は私の獲物です」

大西の指示に張は反発したが、大西は認めなかった。

「あんたは李の確保が仕事や。これ以上捜査の邪魔はさせへんで」

大西の厳しい口調に張は渋々頷いた。

「よっしゃ、いくで」

大西の号令で、大西と鷹村に続いて彩が車を降りた。

最初に店に入った鷹村が店内を見渡す。テーブル席が六つ。奥に個室につながる通路がある。店員が出てくると、鷹村が手帳を掲げた。

「マトリです。悪いが部屋を検めさせてもらう」

店員はおろおろしながら店長を呼んだ。中国人らしき店長が片言の日本語をしゃべりながら現れる。

「なんですか、あなたたち」

後ろに控えていた大西が店長の前に出る。

「マトリや。ちょいと店を見せてもらいたいだけや」

「いきなりきて、騒ぎはなしよ。あなたたち令状もってるの？」

店長の言い方は最初からガサを想定していたと思わせる。あくまでも任意の捜査だ。令状はない。

「店内を確認するだけだ。そんなに時間はかからない」

鷹村が店長に説明している間に、大西が奥の個室に向かって進んだ。彩はその後を追いかけた。

大西が店の最奥にある個室の扉を開けた。十二畳ほどの部屋の真ん中に置かれた円卓を囲んで、奥から王蕾、林志強、伯龍会の牧村と石田。それに晄仁会の輝本と日下、佐々木が座っている。彩の視線が王蕾に向いた。同時に林から強い殺気が彩たちに向けられた。

林が小声で何かつぶやいた。彩は口元を注意深く見ながら発音を聞き取った。

「シャオリー」

確かにそう聞こえた。そうか彩は李雪梅《リシュエメイ》の服を着ている。その姿を見て、李だと思ったのだ。

「マトリが大勢でおしかけて何の用ですか」

晄仁会の輝本が持っていた紹興酒のグラスをテーブルに置いて大西を睨んだ。

「久しぶりやな輝本。だいぶ娑婆《しゃば》の空気も吸ったやろう。そろそろムショが恋しいんちゃうか」

「あほんだら。なめたこと言うなよ」

輝本の隣に座る日下がすごんだが、大西には通用しない。殺気立った日下を輝本が制した。

「死にぞこないの関西人が、どの面さげて関東に戻ってきたんじゃ。関西におれんようになったんやろうが、関東でもおれんようにしてやろうか」

大西は動じることなく、言い返す。

「これから豚箱に行くやつらにそないなこといわれてもなあ」

今度は晄仁会の幹部佐々木が大西を威嚇する。

「何のつもりか知らねえが、フダ持ってるんならさっさと出してくんねえか。ないならとっとと出てってくれ。こっちは大事な商談の最中なんだよ」

佐々木は口調は柔らかいが、武闘派で手が早い。大西はわざと挑発しているのかへらへら笑いながら言った。

「シャブの商談中に悪いんやがな。佐々木、おまえんとこの若いもんが捕まったんは知っとるやろう。シャブ一キロわしらが押収させてもろたで。今日はそのお礼に来たんや」

「なんだとてめえ。ふざけんじゃねえぞ」

佐々木はテーブルに置いてあったグラスを手に持って投げつけた。グラスは大西の顔をかすめ、壁にぶつかって砕けた。

「危ないやっちゃなあ。今のは公務執行妨害やで」

挑発しておきながら、したり顔で言う大西に佐々木はすごんだ。

「サツみたいなこといってんじゃねえよ。あんたらマトリだろう。ここにブツはねえ。つまりあんたらの仕事はないってことだ。わかったらさっさと出てってくんねえか」

その時、部屋の扉が開いた。倉田と一緒に入ってきたのはスーツ姿の二人の男だ。そのうち一人は見覚えがある。台場のホテルで見た刑事だ。たしか湾岸署刑事部の赤沢と名乗っていた。大西と別行動をしていた倉田はどうやら赤沢と一緒だったようだ。

「食事中に悪いがのう。少し事務所に付き合ってもらうでえ」

大西が林に視線を移した。輝本が間に割って入る。

「誰にもの言うとんじゃ」

「そこにおる中国人の怖そうなにーちゃんと美人のねーちゃんや。台場でドンパチやったやろ。覚えとるで」

林は無言のまま座っている。日本語を理解していないかのようだ。

赤沢と一緒に入ってきた刑事が令状を見せた。

「警視庁刑事部の来栖《くるす》だ。林志強、王蕾。二人に銃刀法違反容疑だ。署まで来てもらおうか」

林は視線を背ける。隣に座る王蕾も黙ったまま成り行きを見守っている。

大西が横から口を出す。

「通訳もおるさかい心配せんでもええ。台場で中国の捜査官を撃ち殺そうとしたんはよう知っとる」

大西が王と林を睨む。最初から大西のターゲットは王と林だったようだ。王と林の動きを予想して湾岸署の赤沢に根回しをしていたのだ。

大西は円卓に座る輝本と日下を交互に見た。

「悪いけど商談は終わりや。あんたらの客二人を借りるでぇ」

輝本が殺気立った目で大西を睨む。

「いつの間に警察《デコ》呼んどったんかしらんが、わしらには与りしらんことだ」

「なんやったらあんたらも一緒に来てもええんやで。どうせシャブの商談しとったんやろうが」

輝本が大西を威嚇するように睨む。

「いい加減なことほざいてんじゃねえよ。まっとうな商売しようって時にケチつけられた挙句、とんだ水差しやがって。悪いが遠慮させてもらうぜ」

輝本が隣に座る日下に目配せした。輝本が席を立とうとした時だった。突然、林志強が立ち上がり、ポケットから何かを取り出した。林が握りしめているのは銃だった。銃口は大西に向けられている。王蕾が大西に顔を向けた。

「日本の司法機関に拘束されるつもりはない」

王が席を立つと林が銃を向けてけん制しながら、部屋を出ようとする。その進路に刑事二人が立ちはだかる。王蕾は部屋の奥にある別の扉に視線を向けた。部屋には二つ扉がある。突然裏の扉が開いた。入ってきたのは李雪梅だった。李は銃口を王に向けながら背後に迫り、王蕾の後頭部に銃を突きつけた。林が体を反転させ、刑事たちに向けていた銃を李に向けた。

「近づいたら撃つわよ」

李の脅しを聞いて王が首を横に振る。李と林が睨み合う。すかさず大西も銃を出し、林を狙った。林はもう一丁、銃を取り出し、両手で大西と李を威嚇する。大西が倉田と彩に目配せした。彩はホルダーから銃を取り出すと林に銃を向けた。倉田も銃口を林に向ける。四方から威嚇され、林の動きが止まった。

「勝負あったんちゃうか」

大西が言った瞬間、再び部屋の奥の扉が開いた。入ってきたのは張だった。

「小李《シャオリー》、ばかな真似はやめろ」

張が説き伏せるように李に言う。だが、李は聞く耳を持たない。次の瞬間、張が腰から銃を出して李の後頭部に銃口を向けた。

「やめろと言っているんだ」

急に声色が変わり、張の目付きが鋭くなった。王蕾が口元を緩め、李の腕をほどき、林の後ろに回った。

林が李から銃を取り上げた。

「とんだ茶番だったわね」

王蕾が言うと、林が突然李を突き飛ばした。

「あかん、伏せろ」

大西の声と、部屋に銃声が響くのがほぼ同時だった。

林が両手に持っていた銃を乱射した。彩は咄嗟にテーブルの下に体を隠した。床に伏せて様子を覗うと、王が部屋を出て行くのが見えた。林が発砲しながら逃げる。その後を李が追いかける姿が見えた。彩は中腰のまま、李を追いかけた。背中に大西の声が聞こえた。

「霧島、追うんやない」

だが、彩は大西の命令を振り切り、李の背中を追った。

通路の先に李の姿が見えた。李の後を追って裏口から店を出ると、街道に停まっているメルセデスに王蕾と林が乗り込む姿が見えた。その十メートルほど手前に捜査車両のハリアーが停まっている。彩は運転席の窓から中を見た。杉本が額から血を流し、うめき声をあげている。

「どうしたの？」

「突然後ろから殴られました――」

もしかすると張にやられたのでは。

「大丈夫？」

なんとか首を縦に振る杉本を運転席から降ろそうとした。

「店に大西情報官がいるから合流して」

杉本はよろけながら、店に向かって歩いて行った。彩は運転席に乗り、車のエンジンをかけた。ドアを閉めて、発車しようとした時、助手席に誰かが乗り込んだ。李だった。一瞬目が合った。

「追うわよ」

彩が言うと、李が頷いた。彩は車を発進させて王たちが乗るメルセデスを追った。

3

午後八時四十分。

区役所通りから靖国通りを経由して新宿通りに入る。メルセデスの後を追いながら、彩は目的地を推測した。王と林は警察から逃れるため出国しようとする。だとすれば目的地は羽田か成田《なりた》。ここからなら羽田まで三十分程度。このまま首都高に乗り、羽田を目指すはずだ。ところが車は首都高に乗らず、新宿通りを南下し銀座《ぎんざ》方面に向かっている。

彩のスマホが鳴った。着信は大西からだった。彩はスピーカーホンにして電話に出た。

「今どこにおるんや」

「新宿通りを四谷《よつや》方面に向かっています」

「王蕾は？」

「追尾しています」

「行き先を突き止めたら連絡せえ。ただし、無理したらあかん。危険やと思ったらすぐに離脱するんや。ええな」

彩が答える前に電話は切れた。

彩は車間を空けながらメルセデスを追った。助手席に座る李が彩に囁いた。

「王蕾は追尾されていると気づいているわ」

「どういうこと？」

「私たちを誘い込んで殺すつもりよ」

彩が李を横目で見た。すかさず、李が彩に忠告する。

「前を見て車を追って」

李の目は強い光を放っていた。視線の先は真っ直ぐ王蕾に突き刺さっている。

「なぜあんな無茶をするの」

彩の質問に李は恬淡《てんたん》と返した。

「前にも言ったはずよ。王蕾を殺すのが私の使命」

「殺せば終わり。それでいいの？」

李は躊躇《ためら》いもなく強い口調で返す。

「王蕾の次は王華徳《ワンホワディ》よ。王華徳を殺せば王華《ワンホワ》を壊滅できる。それでこの戦争は終わりよ」

果たしてそうだろうか。殺せばいい。そんな安直な解決策が薬物戦争を終わらせるとは思えない。

「そんなものが捜査と言えるの。あなたの復讐は終わるでしょうけど、他の組織が王華にとってかわるだけよ」

「だったらこのまま王華を野放しにしておくつもり？」

「私たちは司法捜査官よ。法に則《のっと》って薬物を取り締まる」

李は鼻で笑い、言い返した。

「甘いわね。そんなことじゃ王華に殺されるわよ」

「それはあなたの方よ。あんな無茶を続ければ、王華を壊滅させる前にあなたが死ぬわ」

李は初めて彩に視線を向けた。

「あなたに親を殺された気持ちがわかるの？　十七歳の頃、首のない母親の死体と対面した時の気持ち。遺体安置所に父が持ってきた母の頭部を見て私は気を失ったわ。父が行方不明になった時、誰も捜索しようとしなかった。父の死は覚悟したけど、遺体すら見つからず、今もどこかに放置されている。両親を奪われた私は、心底王華を恨んだ。あの時の気持ちを決して忘れない。どんな手段を使っても復讐する。そう誓ったの。そのためには死んだってかまわない」

彩は李の強い熱気に当てられ、言葉を失った。

車は内堀《うちぼり》通りに入り、麴町署を通り過ぎ、皇居沿いを日比谷《ひびや》に向かった。そこから晴海《はるみ》通りに入り、銀座の街中を通過する。

「いったいどこに向かっているの?」

「気づいてないようね。尾行されているのは私たちよ」

彩はバックミラーを見た。すぐ後ろを走っているのは、追っているのと同じ車種のメルセデスだった。先を走るターゲットに気を取られ、気がつかなかったが、前後を挟まれている。

「中国マフィアは日本のヤクザと違って容赦ないわよ。彼らは人の命を何とも思っていない。虫を殺すよりも簡単に人を殺す。もう彼らからは逃れられない。殺すか殺されるかよ」

彩は大西のスマホに電話した。大西はワンコールで出た。

「今、晴海通りを築地《つきじ》方面に向かっています」

「わかっとる。お前のスマホを追尾しとる。こっちも追いかけるさかい、慎重に追尾せえ」

「こっちも追尾されています」

大西はしばらく間をおいてから彩に聞いた。

「追尾しとんのはどこのどいつや」

彩はバックミラーを見た。同じ車種のメルセデスの運転席にはサングラスの男が乗っている。

「わかりません。王の仲間だと思います」

大西の判断は早かった。

「追尾は中止や」

彩が応えようとしたとき、突然通話が切れた。李が手を伸ばし、スタンドからスマホを取り上げた。

「何をするの」

彩がスマホを奪い返そうとした時、李が腰から銃を取り出し、彩に銃口を向けた。彩が携帯していたコルト・ディテクティブだ。

「黙って車を追いなさい」

李が冷たい口調で言うと、彩は言い返した。

「撃てば、あなたも死ぬわよ」

「私は死ぬ覚悟ができている。あなたはまだ死にたくないでしょ」

彩は沈黙した。ここで李を刺激しても仕方がない。車が新大橋《しんおおはし》通りに差し掛かった時、彩はウインカーを左に出した。

「右折よ」

王蕾が乗った車は右折のウインカーを出している。ここでやり過ごそうとしたのを李が気づいたのだ。

「無理やり運転を代わることもできるのよ」

今の李ならやりかねない。それに公道で李に銃を使わせるのはリスクが大きい。

彩はウインカーを右に出し直し、車線を変えた。新大橋通りを右折し、築地方面に向かった。前を走る車は築地市場を通過し、旧青果門前を左折、そのまま勝鬨橋を渡った。気がつけば他の車両はなく、前後をメルセデスに挟まれ、身動きがとれなくなっていた。

前を走るメルセデスは清澄《きよすみ》通りを右折し、豊海《とよみ》町に向かった。どうやら目的地は豊海埠《とよみふ》頭《とう》のようだ。倉庫が立ち並ぶ埠頭エリアに入ると車だけでなく人通りもなかった。やがて眼前に東京湾が見えてきた。

「今度はちゃんと銃を持ってきたようね」

李の視線が腰のホルダーに向けられている。

「まさか、二人でマフィアと戦うつもり？」

李が口元を緩めた。どうやら最悪の事態を考えなければならないようだ。

李は彩のスマホの電源を切り、ポケットに収めた。これで連絡手段がなくなった。途中までは大西が場所を追跡しているはずだ。異変を感じて何か対策を打っていることを祈るしかない。

前を走るメルセデスが埠頭の駐車場で停止した。背後は東京湾。反対側には冷凍倉庫のコンクリートの壁が迫っている。海の先に見えるのは同じような倉庫や物流ターミナルだ。倉庫街の一角には住宅もなく、人通りもない。薄暗い空間に背後の物流センターの明かりが微かに海面に反射している。襲撃するにはもってこいの場所だ。

彩は停車したメルセデスから距離をおいて、車を徐行させると、後ろから別のメルセデスが退路を断つように停車した。前後を挟まれ、逃げ道はない。

暗闇に凪ぐ東京湾。その先にライトアップされたレインボーブリッジが見える。台場の夜景を背景に、メルセデスの中から王蕾と林志強が出てきた。背後のメルセデスからはダークスーツにサングラスの男たちが三人降りてくる。手にはトカレフが握られている。銃の先には減音器《サプレッサー》が装着されている。銃の扱いに慣れた連中なのは一目でわかる。敵は総勢五人。王蕾以外武装している。対してこちらは二人。勝敗は見えている。

「勝ち目はないわ。ここから逃げましょう」

彩がギアをバックに入れたが、李の手が覆いかぶさるように止めた。

「ここまで来たらもう遅いわ。覚悟して」

李は銃の安全装置を外し、躊躇《ちゅうちょ》なくドアを開けて外へ出た。彩は一瞬目を瞑り、腰のホルスターから銃を手に取り、車から降りた。海から吹く風に髪が乱れた。

サングラスの男たちが背後から迫る。彩と李は二十メートルほど先の岸壁にじりじりと追いつめられた。王が彩たちと距離をとり安全な場所へ移動する。その傍らで林が銃を構える。銃口は真っ直ぐに李に向けられていた。王蕾はまるで女王のように不敵な笑みを浮かべながら、李を見つめている。背後の海から吹く冷たい風が彩の体を揺らしていた。女王陛下の命令が中国人マフィアに向けて発せられた。

「シャーラ」

次の瞬間、サングラスの男たちが一斉に銃を構え、李を狙う。李は動じることなく、王蕾を見つめている。彩は身動きが取れなかった。前には三人の中国人マフィア。背後には東京湾の黒い闇。前後を挟まれ、隠れる場所もない。彩を守るのは頼りない防弾チョッキと銃だけ。李は防弾チョッキすら身に着けていない。どう考えても勝ち目はなかった。

彩は李を見た。李の視線は強い念を送るように王蕾に向けられている。その視線がほんのわずか右に逸れた。その時、異変が起きた。李の視線の先を追った。王蕾の背後に林が立ち、王蕾のこめかみに銃口を当てている。林はマフィアたちに視線を向けた。

李に銃を向けていた中国人マフィアたちが慌てて銃を李から林に向けた。林は王蕾の腰を抱え、ゆっくりと李に近寄る。三人のマフィアたちが後ずさりながら林から距離を取る。

李は林に視線を向けて、口元を緩めた。李と林が中国語で会話する。李がマフィアたちに銃を向けながら林の元に近寄る。彩が李に日本語で問いかける。

「まさか、林は――」

「潜入よ」

李が日本語で答えた。

潜入捜査官。王蕾の側近、ボディガードと思われていた林が潜入捜査官だったとは。李はこれを狙っていたのだ。王蕾を捕らえるためにわざと誘いに乗った。埠頭なら警察もすぐには駆け付けない。張に邪魔されることもない。すべては王蕾を殺すためだ。

林が王蕾を誘導しながら彩たちが乗ってきたハリアーに近づこうとする。それを李が止めた。李の構える銃はまっすぐに王蕾の眉間を捉えていた。李が三人のマフィアたちに中国語で何かを叫ぶ。マフィアたちは発砲を躊躇いながら、李からさらに距離を取る。林が王蕾をハリアーの後部ドアの近くに連れて行く。李は頷いて、ハリアーの後部座席を開けた。林が車に乗り込もうとした時だった。突然背後に停まっていたメルセデスから男が飛び出してきた。林が背後の男に気づいて咄嗟に銃を向けた。だが、男の動きの方が早かった。林が狙いを定めようとする間もなく、背後を取られていた王蕾が林の銃を押さえた。射撃音とともに弾丸はアスファルトに向けて発射された。次の瞬間、男は素早く林の背後に回り、体を押し付けた。

「ダーガ」

李の叫び声が響いた。わずか数秒の出来事だった。男は林を足蹴りすると、王蕾を取り戻すかのように背後から抱えて距離を取った。林は突然苦悶の表情を浮かべ、車の傍らに倒れた。背中にナイフが刺さっている。背骨からわずかに左、ナイフは心臓を捉え、突き刺さっていた。ナイフを見た瞬間悟った。

毒蛇──袁一兵《ユアンイーピン》。

李は中国語で何かを叫びながら体を翻し、袁に向けて銃を撃った。発射音が重なる。袁は咄嗟にハリアーのドアに身を隠し、王蕾を守るように李に背中を向けた。その時、中国人マフィアたちが一斉に銃口を李に向けた。

「危ない！」

彩が叫ぶのとほぼ同時に軽いエアガンのような銃声が埠頭に響いた。彩は咄嗟にハリアーの運転席のドアを盾にして隠れた。銃声はとどまることなく響いた。中国マフィアの男たちはなおも容赦なく発砲を続けている。集中砲火を浴びている李の姿は彩の視界から消えていた。

銃声が止んだ瞬間、彩の視界に王蕾の姿が映った。岸壁に停めた車に向かおうとしている。その傍らに男――毒蛇がいた。その距離わずかに二メートル程度。至近距離で彩は咄嗟に銃を構え、狙いを定める間もなく発射した。発砲音と同時に、袁が膝を地面に突き倒れた。彩が撃った弾は袁の太ももを捉えたようだ。袁が振り返り彩に体を向ける。毒蛇の眼光が真っ直ぐに彩に向けられていた。再び銃を構える。だが、恐怖で指が動かなかった。

その時だった。突然のサイレン音とともに、赤色灯の光が見えた。警察車両がメルセデスの背後に停まり、中から銃を携えた刑事たちが出てきた。マフィアたちが咄嗟に車に逃げ込もうとするところを刑事たちが威嚇射撃をする。マフィアが後退しながら応射する。警察車両が次々と埠頭に駆け付ける。警察対中国マフィアの銃撃戦が始まった。混乱の中で、彩の前で倒れていた袁が立ちあがり、岸壁に停めた車に向かって走った。その傍らにいた王蕾も後を追いかけようとする。彩が王を追いかけ、その背中を押さえ込むと、バランスを崩し、地面に倒れた。咄嗟に体を起こし、王蕾に馬乗りになって、銃を王蕾の額に突きつける。

「大人しくしなさい」

日本語で叫ぶと、王蕾の動きが止まった。背後から車のライトとともにエンジン音が聞こえた。振り向くとメルセデスが迫っている。運転席に袁の姿が見えた。このままひき殺すつもりか。だが、車はギリギリのところで、ハンドルを切り、ブレーキ音とタイヤがきしむ音とともに警察車両をかわして、埠頭沿いの道路を疾走した。警察車両が一台、戦線を離脱し追いかける。中国マフィアたちは銃弾を使い尽くしたようで、銃撃戦は終わっていた。刑事たちが中国マフィアの身柄を取り押さえている。

彩の背後に刑事たちが駆け付けた。刑事の一人が手錠をもって近寄る。

「よくやった」

刑事は彩にそう言うと、王蕾の手首に手錠をはめた。

そのまま刑事は王蕾の手を引き、警察車両に引き上げて行った。

彩はすぐに立ち上がり、拳銃をホルスターに収めると、車の反対側に走った。ハリアーの先で李が倒れている。李は銃弾を浴びて全身から出血しており、手足がだらりと脱力していた。

「大丈夫？」

声をかけながら、李の背中を起こすと、手にべったりと血が付いた。李の白いシャツが赤く染まっている。どこを撃たれたのかわからないくらい出血している。全身に銃弾を浴びた李はほとんど虫の息だった。だがかろうじて、浅く息をしている。

「しっかりしなさい」

彩が李の頬をたたくと、李はわずかに目を開いた。李は絞り出すような声で彩に聞いた。

「――王蕾は？」

「捕まえたわ」

一瞬だが、李の表情が緩んだ。

李は弱々しく手を差し出そうとしたが、ほとんど動かなかった。彩が李の手を握る。血にまみれた手のひらに硬質な感触があった。握りしめていたのは鍵だった。

「これは？」

「これを――」

言葉が途切れ、李が脱力した。最後の力を振り絞って彩に鍵を渡したのだ。やがて李はゆっくりと目を閉じた。

「しっかりしなさい」

彩が李の頬をたたく。だが李は反応しなかった。彩の背後で騒がしい声が重なり、刑事たちが行きかっている。彩は刑事に向かって叫んだ。

「誰か救急車を！」

刑事の一人が頷く。

「すぐに救急車が来るわ」

手を強く握りしめて励ますが、李は目を閉じたまま彩に体を委《ゆだ》ねている。すでに息をしていなかった。シャツは真っ赤に染まり、黒い血がアスファルトに染みて黒く光っている。

「あなたはまだ死ねないでしょ」

彩は李の体を揺らし、何度も叫んだ。

「ようやく王蕾を捕まえたのよ。しっかりしなさい」

彩は必死に叫んだが、李は反応しなかった。

彩の背後から中国語が聞こえた。男の声が彩の内耳に届いた。

「――小李《シャオリー》」

林が蒼白な顔で李の足元に這い上がろうとしている。林は手を伸ばし、李の体に触れようとしている。彩はその手を掴み、強く引き上げた。林が李の手を掴み、握りしめる。だが、その力は弱く、やがて握っていた手が緩やかに離れた。

「しっかりして」

彩の声に反応して林は体を起こそうとするが、うめき声とともに、林はそのまま地面に倒れ脱力した。握っていた手が弛緩し、林はそのまま顔を横に向け、目を閉じた。彩はその光景を見ながら、言葉を失ったままその場に座り込んだ。

4

李は救急車が着いた時にはすでに絶命していた。彩に肩を抱かれながら息を引き取った。その胸には林が寄り添うように折り重なっていた。現場に二台の救急車が駆け付けた。救急隊員が二人の遺体を回収し、運び出した。

冷たい海風が頬を撫《な》でた。レインボーブリッジに灯る明かりがまるで鎮魂の光のように見えた。黒い夜の海が静かに凪いでいる。王蕾一人を確保するために二人の捜査官が犠牲となった。

警察車両が次々に到着し、地域課の制服警官が現場保全を進める。機動捜査隊が現場検証を始めた。現場に駆け付けた刑事が彩に声をかける。麴町署の村尾だった。

「無事で何よりだった。詳しい話は最寄りの月島《つきしま》署で聞こう。後で責任者と一緒に来てくれ」

彩は黙って頭を下げた。村尾の背後に立つ厳つい顔の私服刑事が彩に睨みを利かせた。

「どんな捜査方針だったかは知らねえが、死人が出た。情報は全て隠さず話してもらう」

刑事は名乗りもせず、現場検証を進める刑事のもとに歩いていった。村尾が耳元で手を添えて彩に話す。

「本庁も出張ってきてる。月島署に帳場が立つ」

さっきの厳つい顔の刑事が村尾を呼びだした。村尾は「後でな」と一言彩に告げると、刑事のもとに走っていった。入れ替わりに大西の姿が見えた。

「何があったか後でよう聞かせてもらうんやが、その前に張が失踪したで」

「失踪？」

「あいつほんまに王華の犬やったんやな。けどまあ、おあいこや。林は潜入捜査官やったんやからなあ」

「なぜそれを？」

「禁毒局の朋友《ポンユウ》に聞いたんや。李はそれも知っとったから無茶ができたんやろうな」

林は演技をしていたのだ。台場のホテルで李を撃ったのは潜入捜査官の身分を隠すためだ。王蕾にアンダーカバーと思われないためには、李を撃たなければならなかった。わざと外したのだろうが、弾は李の肩に命中してしまった。心配した林は王蕾の目を盗んで、李に連絡を取ったのだ。

李に荘龍園での会談をリークしたのも林に違いない。李に会談の場所を教え、王蕾と接触、王蕾の殺害を図った。だが、張の介入でチャンスを逃した李は逃亡した王蕾を追跡し、新たなチャンスを狙った。埠頭に追い込まれた時にも林と協力して王蕾を確保し、中国マフィアを日本の捜査機関に逮捕させるというシナリオを考えた。だが、土壇場《どたんば》で毒蛇の登場が計算を狂わせた。いや、もしかすると王蕾はそこまで読んだうえで毒蛇を切り札として使ったのかもしれない。

「林志強は李の先輩やったみたいやな」

彩はマフィアと対峙した時の経緯を思い出した。

「マフィアに銃を向けられた時、李は林に向かってダーガと叫びました」

大西が眉根を寄せて答えた。

「大哥《ダーガ》。日本語で兄貴ちゅう意味や」

「なんでそれを？」

「わしなあ、中国映画好きやねん。そのぐらいわかるわ」

二人の関係を考えると、病院で李の携帯に連絡を入れたのは林だったのだろう。

「林は李のことをシャオリーと呼んでいたのではないでしょうか」

「中国では年下のもんにそういうんや。小李《シャオリー》。林にとって李は後輩やからそう呼んどったんちゃうか」

「張の行方は？」

「今探しとるが、すぐには見つからんやろう。それにしても捜査官を二人失ったんや。公安部も人を送り出すやろうな。警視庁も黙っとらんやろうし、面倒なことになりそうやな」

大西がため息をついて腕を組んだ。

「李と何があったか知らんけど、上長の命令を無視しただけやない。おまえかて死んどったかもしれんのやで」

何も言い返せなかった。大西は危険を察知して、李を止めるよう指示を出していた。だが、王蕾を追跡する李を止められなかった。李の気迫に圧倒され、ブレーキが利かなかった。気持ちで負けたのだ。その不甲斐《ふがい》なさを感じていた。

「どう責任取るんか、よう考えておくんやな」

ただでは済まないのはわかっている。死人が出たのだ。状況を考えれば、これをきっかけに中国マフィアと全面戦争にもなりかねない。被害を受けたのはこちらだ。だが、反撃のための手段を手に入れた。彩にとって王蕾は、李が命をかけて手に入れた重要な切り札だった。

李は復讐を果たせず、殺された。覚悟はしていただろうが、無念だったに違いない。最後に李がほんの一瞬、穏やかな表情を見せたのは、王蕾を確保できたからだろう。

「李の犠牲はありましたが、王蕾を確保しました」

間髪《かんはつ》を容《い》れず大西が言い返す。

「あほか。容疑がないと逮捕もできんやろう」

「王蕾の仲間が銃を所持していた、それで十分容疑が固まると思いますが」

大西は眉間に皺を寄せて答える。

「銃を所持しとったんは林やで。潜入ちゅうても身分は中国公安部の潜入捜査官や。逮捕した中国マフィアは意地でも口を割らんやろう。容疑不十分ですぐに釈放されてまうがな」

「しかし、中国当局から指名手配がかかっているのでは？」

「んなもんされとったらとっくに公安部が逮捕しよるわ。王華は公安部とはダークな付き合いや。決定的な証拠がないと手えだせへん」

王蕾はそこまで計算して林をボディガードにつけていたのだろうか。ブラックリストを手に入れるために林は王を殺さない。運び屋は他にもいる。いくつかのルートがなくなったとしても、代わりはある。そう思わせておけば、公安部は迂闊《うかつ》に手を出せない。

「ともかくわしらも本庁から呼ばれとる。奴ら事情を全部話せちゅうとる」

大西はそれだけ言うと、刑事たちが集まっている方向に足を向けた。彩も大西の後を追いかけた。

第六章　切り札

1

大西とともに月島署の刑事課を訪ねたのは、午前零時を回ろうとした時だった。

応対したのは月島署の刑事だったが、会議室には本庁の厳つい顔の刑事をはじめ、私服刑事が二人並んでいた。そのうちの一人、湾岸署の赤沢がテーブルの端に座っている。

大西がテーブルの手前に座ると、隣に彩が座った。テーブルを挟んで四人の刑事が顔を並べている。

真ん中に座っているのは警視庁刑事部の来栖だった。新宿の中華料理店『荘龍園』で大西と組んで王蕾の逮捕状を取っていた刑事だ。容疑は銃刀法違反と傷害致死だが、実際にお台場のホテルで発砲したのは潜入捜査官の林志強《リンチーチャン》だった。その林は殺され、容疑者から被害者となってしまった。殉職した潜入捜査官を逮捕、起訴はできない。

最初に来栖が話を切り出した。

「警視庁捜査一課の来栖だ。隣が組織犯罪対策部の警部の住田《すみだ》、湾岸署の赤沢警部補にも同席してもらった」

本庁の刑事部、組対、警視庁の主たる捜査に関わるメンバーが集まっている。

「関東信越厚生局麻薬取締部の情報官の大西や。こっちは現場におった霧島や」

相変わらずの関西弁で大西が彩を紹介した。省庁の格では厚労省の方が上だが、中国マフィアに殺しとなるとマトリは管轄外だ。

来栖管理官が目に力を込めて、大西を見た。

「大西さん、合同捜査を持ち掛けたのはそちらでしょう。事前に情報をすべて話していただかないと困ります」

どうやら来栖は林が潜入捜査官であるという情報を知らなかったようだ。

大西は腕を組んで、上目遣いに来栖を見た。

「そう言われても困るわ。わしらだって林志強が潜入やて知らんかったんやからなあ」

大西の態度に住田の眉間に皺が寄り、怒りを宿した瞳で大西を睨んだ。まるでインテリヤクザと武闘派ヤクザに同時に睨まれているようだった。

「そんなおっかない顔されても困るがな。助けてもろたんはほんまありがたいねんけど、今回はおたくらとの合同捜査中にトラブルが発生したんやし、そないなこと現場ではしょっちゅう起こるやろ」

それまで黙っていたマル暴の住田が割って入ってきた。

「ばか言ってんじゃねえ。あの李《リ》って捜査官は王華《ワンホワ》の娘を殺そうとしたんだぞ。中国だったらともかく、日本でそんなことされたら戦争になっちまう」

のっけから険悪な空気が流れた。お互い責任のなすりつけ合いをしている。場の空気を察知して来栖が間に入る。

「お互い刺激するのはやめよう。発端は覚せい剤の密輸だが、ここにきて中国マフィアが発砲する事態に発展している。その上、中国の捜査官に死人まで出ている。責任のなすり合いをしている場合じゃない」

住田がむっとした表情で来栖を見た。

「だったら帳場はそっちで仕切ってくれ。こっちは組絡みだっていうから顔出してやってんだ」

今度は来栖が黙っていない。

「まあ、住さんも言いたいことがあるだろうが、ここはお互い縄張りがどうの言っても始まらんだろう。まずは勾留した中国人マフィアをどうするかだ」

　住田が来栖に言い返す。

「それなら三人の中国人マフィアは少なくとも拳銃《チャカ》でぶちこめる。問題はあの王蕾《ワンレイ》とかいう若い女だ。王華徳《ワンホワディ》の娘というだけじゃどうにもならん。そっちでとったフダの容疑も認めてないんだろう。おまけに一緒にいた仲間が潜入らしいじゃないか。弁護士がきたらすぐに釈放だな」

　住田の言う通り、王蕾にはこれといった容疑がない。勾留は無理だ。

「まあ、潜入の件は大目に見てくれへんやろうか。デリケートな話やさかい、当局もベラベラしゃべるわけにもいかんかったやろうしな」

　住田が大西に目を向けた。

「中国側は何て言ってんだ？」

　大西が住田の視線を受けて答える。

「公安部は王蕾の違法薬物譲渡の証拠を見つけようとしとったんや」

「だから、その証拠が見つかったか聞いてんだよ」

　大西は痛いところを衝かれかぶりを振った。視線を彩に向ける。

「そのへんどうなんや、霧島。おまえ李と一緒におったんやろうが」

大西の無茶振りにうんざりした。苦し紛《まぎ》れに責任を押し付けようとしているのが透けて見える。彩は仕方なく埠頭でのいきさつを説明した。

「発砲したのは中国人マフィア三人。奴らは王華のメンバーです。林捜査官を殺して逃走した男は毒蛇と呼ばれているプロの殺し屋です。ご存じですよね」

彩がマル暴の住田に視線を向けた。麴町署の村尾から聞いていた毒蛇の情報は当然、本庁でも認識しているはずだ。

住田が彩の視線を受けて答えた。

「ああ、知ってるよ。袁一兵《ユアンイーピン》。通称毒蛇。王華の構成員じゃない。雇われの殺し屋だ」

彩が先を続ける。

「三月十一日　麴町署の管轄で殺しがありました。我々が追っていた密売人の周美玲《ジオウメイリン》が殺されました。その容疑者として袁一兵が挙がっています」

恐らくその情報も住田の耳には入っているはずだ。彩は現場の豊海埠頭で袁を目撃している。追尾されたメルセデスに乗り、隙を狙って林をナイフで仕留めた。あの殺しの手口は村尾から聞いていた毒蛇のものと一致する。

来栖が話を引き取るように、住田に顔を向けた。

「住さんのほうでその毒蛇とやらを追ってもらえますか」

住田が鼻を鳴らして応じる。

「それだったらもうやってるよ。人着はわかっている。どこに潜んでいるか知らんが、所轄を使って調べてるところだ」

蛇の捕獲は警察に任せればいい。問題は王蕾だ。李は最初から王蕾の逮捕を考えず、殺す機会を覗っていた。一方、潜入捜査官の林は常に王蕾の傍にいた。殺すならいつでもできたはずだ。つまり潜入の目的は別にあった。王蕾を殺してしまっては密輸ルートの解明ができない。林はそのルートの解明のために潜入していたのだ。

彩は来栖に視線を移した。

「王蕾は覚せい剤密輸組織の重要な参考人です。来日したのは密売組織との接触です。取引への関与は間違いありません」

来栖が頷いて答える。

「それはそうだが、問題はどうやってその関与を認めさせるかだ」

彩は来栖をまっすぐに見た。

「王蕾を取り調べさせてください」

大西が横やりを入れる。

「おまえ、なんか勝算があってそないなこと言うとんか」

勝算などない。ただ、敵を知らなければ倒す術もわからない。王蕾を知るためには話す必要がある。彩は大西の言葉を無視してもう一度来栖に頼んだ。

「お願いします」

来栖が折れた。

「いいでしょう。ただし、王蕾は弁護士を呼んでいます。時間はあまりありません」

彩は頷いた。隣で大西のため息が聞こえた。

2

彩は来栖に連れられ、月島署内にある取調室の前に立った。

「こちらから記録係を出します」

彩は頷いた。

来栖が大西に聞いた。

「大西さんは同席されますか」

大西は不機嫌な顔で来栖に手を振った。

「わしはええわ。隣におるさかい」

隣の部屋から取り調べの様子を見ているつもりだろう。

「霧島、何の切り札も持たんと取り調べなんぞええ度胸やな。まあ、せっかくの警察の計らいや、せいぜい敵さんの顔拝んどくんやな」

こういう時にもしっかりと嫌味を言う大西に辟易したが、自白など最初から期待できない。大西の言う通り、切り札はない。いや、本当にそうだろうか。彩は上着のポケットに手を入れた。李から渡されたロッカーの鍵。もしかすると、この中に何か手がかりがあるのでは。

だが、それを確かめている時間はない。聴取は弁護士が来るまでの限られた時間しかないのだ。

李の無念を晴らすためには、王蕾と対決するしかない。それには敵を知らなければならない。そう自分に言い聞かせて取調室に入った。

部屋に入ると、簡素な机の前に王蕾が座っていた。チャイナドレスに結った黒髪。清楚な顔だが化粧に隠れて頬から顎にかけて深い溝がある。王蕾が来日した時、空港のトイレで見た時から気になっていた。

王蕾は彩に気づいて口元を緩めた。

「あら、あなた、李のお友達ね」

彩は無言のまま向き合うように椅子に座った。

「李はお気の毒だったわね」

自分の手下《てした》が殺したにも拘《かか》わらず、ぬけぬけとのたまう。

「殺しておいてよく言えたものね」

「お互い様よ。私だってあの女に何度も殺されそうになった。それに――」

突然王蕾の目付きが鋭く光った。

「あの女の犬にもね」

王は足を組んで椅子の背もたれに寄りかかった。顎を上げて彩を見透かすように睨んだ。

「私が気づかなかったとでも思うの」

やはり林が潜入だと気づいていたのか。

彩は思わず唇を嚙んだ。

王蕾が口角を上げて答える。

「ボディガードにちょうどよかったわ。さすがの李も林が近くにいれば手を出せないでしょう」

王蕾の言う通り、林が傍にいるため、李が衝動的に王を殺すことへのストッパーになっていたともいえる。

「そちらも犬を飼っていたようね。張《ジャン》の行方は知っているの？」

王蕾は突然笑い声をあげた。

「あの捜査官ね。金に汚い男だったわ。たいして役に立たなかったけど、まあ、それもお互い様ね」

王蕾が視線を腕に向けた。腕時計を見ている。弁護士がこちらに向かっている。時間がない。今度は彩が質問を切り出した。

「日本に何しに来たの？」

王蕾の答えは早かった。

「あなたに答える必要あるのかしら」

「これは取り調べよ」

「何の容疑かしら？　私は銃を持っていないし、人も殺してない」

「あなたはやってなくても部下たちがやった」

「部下って誰よ？」

「王華のメンバーよ」

「私に部下なんていないわ。あれは父の部下よ」

「同じことよ」

王蕾は何も答えず、不敵な笑みを浮かべた。

「あなたは覚せい剤の密輸組織のボスを父に持ち、日本の密売組織と商談のために来た。そうでしょう？」

王蕾は沈黙したまま、彩を見ている。

「それとも一つ、運び屋の情報が漏れている。それを調べるために来たんじゃないの。ブラックリストっていうんでしょ。公務員の立場を利用した密輸ルート、あなたが管理してるのよね」

王蕾がわずかに表情を変えたのを彩は見逃さなかった。その証拠に、王が突然彩から視線を逸らせて、爪をいじり始めた。

「都合の悪いことになると答えないつもりね」

王蕾が手を止めて、彩を斜めに見る。

「日本には時々買い物に来るのよ。銀座でショッピングしようとしたら、急に邪魔が入ったの。日本にまでうるさいネズミが来るもんだから、ゆっくり買い物もできないわ」

「それで張を始末したの？」

「私は何も知らないわ」

王がまた視線を外した。

「李はあなたの父親に恨みを持っていた。李の父は捜査官で王華の捜査を担当していた。母親を殺され、父親は失踪。李は父親の仇を取るために、捜査官となった。あなたに、そしてあなたの父、王華徳に復讐しようとした」

王は黙って彩の話を聞いていたが、組んでいた足を戻して顔を近づけ、彩に問いかけた。

「李から聞いたのはそれだけ？」

「どういうこと？」

「全部は聞いていないようね」

彩が黙っていると、王蕾が彩を見やった。

「だったら、本当のことを教えてあげるわ」

王蕾の瞳が鋭く光る。

「李の父親は潔癖な捜査官だったわ。他の捜査官が汚職で真っ黒に染まっている中で、正義感の強い捜査官だったかもしれないわね」

王の言葉の端々《はしばし》に皮肉が混じっていた。

「でもね、その正義ってやつがだいぶ歪んでたけどね」

「歪んでいた？」

「そうよ。正義のためなら何でもする。そりゃもう、まるでマフィアはゴキブリかゴミみたいな扱いだったわ」

王蕾の目に強い憎しみが宿ったように見えた。

「正義って見方によるでしょ。善悪だって価値観の違いって言ってもいいかもしれないわね。世の中には白黒つけられないものがたくさんあるのよ。あなたの正義は別の角度から見たら悪かもしれない。私が言っている意味わかる？」

彩はまともに取り合わず話を促した。

「李の父親は何をしたの？」

王蕾は突然ポケットに手を入れた。彩は一瞬身構えたが、銃器など持ち込んでいるはずがない。取り出したのはハンカチだった。それを顔に当てて頬をぬぐった。ファンデーションの下から、えぐられたような傷が現れた。頬を斜めに皮膚が盛り上がっている。

「この傷の理由知りたい？」

彩が黙っていると、王蕾は忌々しげな表情で吐き捨てるように言い放つ。

「李の父親がやったのよ」

彩は沈黙した。李からそのことは聞いていない。

「正義のためなら何をやってもいい。だったらその行為は正義と言えるのかしら。李の父親はよっぽど私の父が嫌いだったみたいね。娘の顔に傷をつけただけならまだしも、私を誘拐して父を殺そうとした。これって捜査官がやることかしら」

もし王が言うことが本当なら、どんな事情があったにせよ、行き過ぎどころか犯罪行為だ。

「あなたの国の事情は知らないわ。ただ、あなたたちがやっているのが犯罪行為であることには間違いない」

王は無表情で滔々《とうとう》と語り始めた。

「中国では麻薬は大きなビジネスなの。一部の共産党員や官僚たちはその恩恵を受けている。昔から各地で私たちのような組織が資金を提供して社会を支えてきた。必要悪よ。日本は覚せい剤の大きなマーケット、つまりそれだけ需要がある。かつては台湾や香港のマフィアが牛耳っていたけど、今は東北帮《ドンベイバン》が新興勢力として市場を開拓している。時代が変わって役者は交代しても、なくなりはしない」

自らを中国マフィアと認めるような発言だが、一般論ともいえるため、証拠と取るには十分ではない。彩はさらに王を煽《あお》るように話を続けた。

「本性を現したわね。ただ、あなたたちが日本に持ち込む覚せい剤でどれだけの人が苦しんでいるか。私は絶対に許さないわ」

突然王蕾が笑い出した。しばらく笑い声が取調室に響いた。

「何がそんなにおかしいの？」

「あなたって本当に面白いわね。でも何か勘違いしているんじゃない」

「勘違い？」

「そうよ。仮に密造業者が違法な薬物を売っていたとしても、別に押し売りしているわけじゃないわ。欲しがっている人たちがいるから売るのよ。つまり需要があるから供給しているの」

「それが違法行為だと言っているのよ」

「違法かどうかは関係ないわ。法律がいつだって正しいとは限らない。禁酒法って知ってる？　あれは正しい法律だったの？　大麻とアルコール、どっちが体に悪いの？　そんな誰かが決めた善悪なんて所詮、一部の権力者のエゴでしかないわ。この腐った世の中にはもっと違う秩序が必要よ。あなたたちが本当に正しいと思っているの？　世の中には間違った秩序に支配されないために戦っている組織も存在するのよ。あらゆる価値観を許容する社会を作るためにね。なぜ人々が大麻やマリファナを求めると思うの？　この腐った世の中に必要なのは救いなの。だからみんなが欲しがるものを分け与える。これは言ってみれば善行よ。痛みから逃れる麻酔。苦しみからの救いよ」

王蕾の供述は抽象的すぎる。これでは自白とは言えない。彩は王蕾をさらに挑発した。

「そんなもの救いなんかじゃないわ。無間地獄《むげん》よ。快楽という無間地獄。一瞬の快楽の代償は二度と抜け出せない底なしの苦しみよ」

王蕾が鼻で笑った。

「意見の相違ね。こんな話いくらしたって時間の無駄。そろそろ弁護士が着く頃かしら」

王蕾の話に乗ってしまって時間を浪費した。

「必ずあなたを逮捕する」

「やれるものならやってみなさい。ただし――」

王蕾が攻撃的な表情に変わった。

「あなたがもし私たちの秩序を壊そうとするなら、私もあなたの大事なものを壊してあげるわ」

最後は脅しか。だが、そんな脅しに屈するわけにはいかない。

「私には家族がいない。大事なものは何もないわ」

「本当にそうかしら」

彩は王を睨んだ。王が彩を睨み返す。ぞっとするような冷たい目だった。

「だったら仕方がないわね。その寂しい人生、私が終わらせてあげるわ」

取調室の扉が開いた。スーツを着た男が警官に連れられ、入ってきた。警官が記録係の刑事に伝える。

「弁護士が到着しました」

刑事が彩に腕時計を指差して合図を送る。どうやら時間切れのようだ。

「話せて楽しかったわ。また会いましょう、マトリの女」

王蕾が彩を蔑むように見下した。悪寒《おかん》が全身を走る。心の底からぞっとした。彩はその視線から逃れるように立ち上がって取調室を出た。

3

午前二時過ぎ。ようやく警察での聴取が終わり解放された。眠気と疲労でふらふらしながら月島署を出た。早く帰って眠りたい。このままベッドに直行したい。街道に出てタクシーを拾おうとした時、背中から大西のダミ声が聞こえた。

「何帰ろうとしとんねん。これから反省会や」

ぎょっとして言い返した。

「今からですか」

「せや、なんか文句あんのか」

文句はあるが聞く耳など持たないだろう。大西の不機嫌な顔にそう書いてある。タクシーが徐行しながら近づいてくる。運転手が彩に視線を向けた。このまま大西を振り切って逃げようか、そう思ったが、後々面倒だ。彩はタクシーから視線を外した。

「ファミレスでええか」

彩は力なく頷いてから肩を落として大西の後を歩いた。

ファミレスに入り、席に座ると、大西は店員にビールを頼んだ。こんな時間から飲むのかよと思ったが、飲まずにはやっていられない。彩も同じものを頼んだ。

店員がビールを運んでくるまで大西はずっとスマホ画面を見ていた。反省会と言いながら、何も話さない大西にますますイラついた。

彩は自分のスマホを取り出した。支給されたばかりでまだ何のアプリも入れていない。もともと持っていたスマホは李に取り上げられたままだった。李が銃弾に倒れた後、死体が運ばれる前に探したが、見つからなかった。李を追跡した時、最後の位置情報は新宿駅の構内を示していた。だとすれば、まだ新宿駅にあるはずだ。と、その時彩は気づいた。

李が死ぬ直前に渡したのは、新宿駅にあるコインロッカーの鍵に違いない。李がスマホの中に重要な手がかりを入れたとしたら。万が一、王蕾を逃がした時の切り札としてとっておいたのかもしれない。

上着のポケットに手を入れ、ロッカーキーを握りしめた時、店員がジョッキを運んできた。

大西がスマホから目を離してジョッキを持った。彩は咄嗟にポケットから手を出しジョッキを握った。

「とにかくお疲れさんやったな」

大西と乾杯してビールを喉に流し込む。アルコールが疲れた体に染みわたり、一気に酔いが回った。そういえば夕食も食べていない。すきっ腹にビールはこたえる。大西がメニューを差し出した。

「なんか食べて元気つけたらどうや」

彩は素直に受け取り、眠い目をこすりながらメニューを見て、店員を呼んだ。大西はさっさとビールを飲み干し、お替りを頼んだ。彩はピザを注文した。店員が去ったところで、大西がにやにやしながら彩を見た。

「さてと、反省会といこうやないかい。それにしても、みじめなもんやな」

のっけから張り手を食らったような気分になった。くらくらしながら、大西に聞いた。

「いきなりなんですか、その言い方」

精一杯怒りをこめて言い返したが、大西は鼻で笑って彩を睨んだ。

「捜査官が殺され、王蕾には逃げられ、捜査は手詰まり。散々やないか」

これでは反省会というよりも罰ゲームだ。だが、事実、彩の失態で捜査は暗礁に乗り上げている。

「申し訳ございませんでした」

彩は渋々頭を垂れた。

その時、店員がビールとピザを運んできた。大西がビールを一口飲んでから、彩に言い返す。

「謝罪はええねん。だいたいあの取り調べは何のつもりや。まんまと王蕾の口車に乗せられよって。答えも知らんのに問題解こうとしてどないすんねん」

「でもわかったこともあります」

「なんや」

「ブラックリストの話を出した時、王蕾の顔色が変わりました。おそらく王蕾は運び屋のメンテナンスをしているのではないでしょうか」

「毒蛇放って運び屋を始末しとるんは、自分につながる線を消すためちゅうわけか」

彩は頷いた。

「ブラックリストを入手したんはおそらく林や。他にも運び屋の情報があるはずや」

その情報が彩のスマホに入っているかもしれない。

「悪いけど先に帰るわ。ゆっくりしてったらええ」

大西は急に何かを思い出したように席を立とうとした。

――誘っておいて先に帰るって何なの。

わざとむっとした顔をしたが、大西は無視して立ち上がった。

「出勤は午後からでええで。捜査を立て直すさかい、それまでゆっくり休むんや」

それだけ言うと、大西は伝票を取り上げ、さっさとレジに向かって歩いていった。

彩はピザを一切れつまんで、ビールで胃に流し込んだ。

時計を見た。まだ午前三時前。始発まで二時間以上ある。彩はシートに背中を倒して目を瞑った。泥のような疲れが全身にこびりついている。十秒ほどで意識を失い、そのまま深い眠りに落ちていった。

4

白くて細い腕が真っ直ぐ彩に向けられていた。手に握られているのは銀色の鍵だ。プラスチックのタグがついている。弱々しいほど細い腕が震えながら伸びている。

「あなたに託すわ」

声のする方を見た。李の顔がみるみる血で染まっていく。

「早く受けとって」

彩は手を伸ばし、鍵を受け取ろうとしたが、腕に力が入らない。

「早く」

弱々しい声が彩の内耳に響いた。手を伸ばし、人差し指が鍵に触れた瞬間、頭上に銃声が響いた。顔を上げると、王蕾が笑いながら銃を握りしめていた。生々しい顔の傷が赤黒く皮膚を裂くように走っている。

「あなたの運命も李と同じよ。殺してあげる」

王の持つ銃が彩の眉間に向いている。銃声が頭の中で反響した。悲鳴とともに目が覚めた。自分がどこにいるのかわからなかった。

「大丈夫ですか」

はっとして起き上がると、驚いた顔で店員が彩の顔を見つめていた。

「すみません」

店員に謝り、店の時計を見た。午前五時半過ぎ。少し仮眠するつもりが、座ったまま一時間半近く眠ってしまった。窓から朝日が差し込んでいる。この時間ならもう始発が動いているだろう。

彩は店を出て月島駅まで歩いた。通勤ラッシュにはまだ早い。有楽町線は空いていたが、座ると寝過ごしてしまいそうだ。吊革につかまり、立ったまま市ヶ谷駅で都営線に乗り換え、新宿で降りた。西口を目指し、構内を急いで歩いた。あと一時間もすれば通勤時間と重なる。早めに用を済ませ、自宅に戻ってシャワーを浴びたい。

ロッカーは駅構内に何か所もあるが、GPSが示していたのはJR線の一階改札付近だった。最後にGPSを確認したロッカーの前で李から受け取ったキーをポケットから出した。番号を確認して、場所を探した。同じ番号のロッカーを見つけ、鍵を差し込み回す。ロッカーが解錠し、扉が開いた。中を調べる。思った通り、スマホが入っていた。

スマホを取り出して画面を見た。電源はまだついていた。間違いない。自分のスマホだ。パスワードを打ち込んで、ロックを解除する。李はパスワードを知らないはずだ。だとしたら、大事なデータをどこに入れるだろうか。メールにはそれらしい着信はない。メモにも新たなデータはなかった。

彩は画像が保存されているフォルダを開いた。新しい画像がある。このスマホはロックを解除しなくてもカメラが使える。つまり保管された新しい画像は、このスマホで撮影されたものだ。タップして画像を開く。画面の背景にフライト情報のボードが見える。どうやら場所は空港のようだ。写っているのはスーツケースを引く旅行者と制服を来た男性だ。次の画像は制服を着た男のアップだった。顔に見覚えがある。周美玲が日本に到着した時、税関事務所で対応した男性職員によく似ている。確か名前は加藤だったはずだ。画像を開いていくと、今度は女性の顔がアップになった写真が出てきた。見覚えのない顔だった。もしかすると運び屋かもしれない。恐らく李は、空港で違法薬物の受け渡しの現場を撮影したのだろう。その情報を彩のスマホに残したのだ。

写真の日付と場所を調べた。昨日の午後二時半。場所は羽田空港国際線ターミナル。昨日、王蕾が伯龍会の幹部と密会したのは、午後七時頃だった。その前に違法薬物の受け渡しがあった。さらに画像を開いていくと、決定的な証拠が見つかった。女がメルセデスに乗り込む写真に続いて、助手席に座る女がアップで写っていた。そこに写っていたのは間違いなく王蕾だった。何らかの違法薬物の受け渡し後、王蕾は運び屋の女と接触している。そしてその証拠が写真に収められていた。だが、女の所持品が違法薬物だとわからなければ、決定的な証拠にはならない。いや、そうだろうか。この写真を使って税関職員を任意聴取できるのではないか。そこから運び屋に線がつながれば王蕾と運び屋が結びつく。

彩が他の写真を見ようとした時、スマホが震えた。画面を見て、思わず鼓動が高鳴った。着信は水沢茜からだった。そういえば茜が日本に来るのは今日の午後だ。

着信ボタンを押して、電話に出る。

「朝早くからごめんなさい。今から家を出るわ」

「予定どおり午後の便ね？」

「東方航空14便。午後三時半羽田着よ」

「わかった。じゃあ羽田まで迎えに行くわ」

「だって彩さん仕事でしょ。都内の待ち合わせでいいよ」

「今日は午後休みなの。空港で待ってるわ」

「わざわざありがとう」

「じゃあ後でね」

彩は返事をして電話を切った。咄嗟に羽田に迎えに行くと言ってしまった。茜が運び屋だとすれば、空港で確保したい。問題は茜が違法薬物を所持しているのかどうかだ。こうして電話してきたということは、可能性としては低い。だとしたら何のためにわざわざ彩に連絡したのか。茜の目的がわからない。彩の脳裏を大西から言われた言葉が過《よぎ》った。

――答えも知らんのに問題解こうとしてどないすんねん。

言われた時には頭にきたが、確かにその通りだ。だが、答えを見つけるには時間がなさすぎる。

時計を見た。まもなく午前七時になろうとしている。茜の到着まで半日あまり。それまでに解答を見つけなければならない。

彩は疲れと眠気を振り払い、地下鉄の改札に向かった。

5

都営線を九段下で降りた。台場のマンションに帰りたかったが、すぐにでも確かめたいことがある。息を切らしながら、地下鉄の階段を駆け上がり、事務所に向かった。

頭がぼうっとして全身に疲労がたまっている。だが、弱音を吐いても仕方がない。事務所に着くとすぐにデスクに向かい、捜査資料を探した。捜査会議で配られた運び屋リスト。そこに載っていた女性を確かめたかった。

楊文香《ヤンウエンシヤン》。新宿在住。推定年齢二十八歳。新宿の中国人クラブ『麗』に勤務。写真を見た。やはり似ている。スマホの画像と見比べた。サングラスをかけていてわかりにくいが、同じ人物と言えなくもない。

「なんや、霧島。早いな」

突然名前を呼ばれ、びくっとして振り返った。大西が立っていた。

「いたんですか」

「失礼なやっちゃなあ。おったら悪いんか」

つい反射的に言ってしまったが、一度吐いた言葉は引っ込められない。

彩が言葉に詰まっていると、大西がじろじろと彩を見る。

「おまえ、昨日と一緒の服やないか。帰っとらんのか」

さすがによく見ている。

「ええ、まあ。ちょっと気になることがありまして」

「その運び屋がどうかしたんか」

大西の目がファイルに向いていた。見つかったからには仕方がない。彩はスマホの画像を大西に見せた。

「李が私のスマホに画像を残していました。運び屋の一人、楊文香と王蕾が会っている証拠です」

大西が写真とファイルを見比べた。

「いつの写真や」

「昨日の午後二時半です。恐らく楊文香が運んだシャブを、加藤という税関職員経由で受け取り、その後、接触したのだと思います」

大西がスマホの画像を見ながらつぶやいた。

「遅かったようやな」

彩が大西の顔を覗う。

「遅かった？」

「霧島、ちょっと付き合え」

つい数時間前に反省会とやらに付き合わされたばかりだ。

彩は身構えながら聞いた。

「何ですか」

「麹町署の村尾から連絡が入ったんや。この女と税関職員の遺体が見つかった」

大西が言った「遅かった」とはこのことか。

「それだけやない。張《ジャン》の遺体も見つかったそうや」

あまりに突然のことに絶句した。張が失踪したのは昨日の夜だ。行方はわかっていなかったが、殺されていたとは。

「警察署の前に捨てられたように倒れとったそうや。胸をナイフでぶすっとな」

大西が胸を突き刺すような手振りをする。

「――毒蛇」

彩がつぶやくと、大西が頷いた。

「間違いないやろ。張が内通者ちゅうのがバレたさかい口封じしたんやろうな」

李が撮影した写真の女と税関職員の加藤が早々に殺害された。恐らく密輸した覚せい剤はすでに王蕾が入手済だろう。

「この画像は大事に持っとけ。これだけではどうにもならんやろうが、証拠の一つになるかもわからへん」

彩は大西が差し出したスマホを受けとった。

「現場検証は終わっとるさかい、村尾から詳しい話を聞きに行くで」

彩はスマホを握りしめたまま、大西の後を追いかけた。


麹町署の応接室に通された彩は大西とともに村尾を待っていた。遺体が三体見つかっており、いずれも違法薬物絡みの殺しだ。しかも、容疑者は昨晩、中国公安部の潜入捜査官を殺し、数日前にも運び屋である周美玲を衆人の前で殺している。警察は慌てているだろう。同時に面子《メンツ》を傷つけられた。本庁を絡めた大きな事件として本腰を入れて捜査をするに違いない。

ドアが開き、村尾が入ってきた。他にもう一人刑事が一緒だった。見覚えがある。確か、強行犯係の菊池という刑事だ。周美玲が殺された後、聴取を受けている。二人とも深刻な表情だ。それもそうだろう。追っている容疑者が、次々に重要な参考人ばかり殺している。

村尾と菊池が席につくと、大西が二人の顔をじっと見た。

「どないしたんや。二人とも暗い顔してからに」

大西の神経を逆なでするような言い方に、彩は思わず身を固くして下を向いた。

菊池の怒りの矛先が大西に向いた。

「重要な参考人が二人も殺されたんだ。我々にとっては由々しき事態だ」

「まあ、そないに興奮してもしゃあないやないかい。状況を教えてくれへんか」

村尾は、菊池よりも幾分冷静な口調で説明した。

「本庁から入った情報で死んだ二人の身元は割れている。東京税関の職員、加藤義一。女のほうは中国人の楊文香だ。羽田空港近くの岸壁に死体になって捨てられていたところを、釣りをしていた近所の住民が発見した」

彩が村尾に聞く。

「死因は？」

「遺体解剖を進めているところだから、まだ詳しいことはわかってない。二人とも胸部を鋭利な刃物で刺されていたそうだ」

「やったんは毒蛇やな？」

大西の質問に、村尾が頷いた。

「本庁もそう見てる」

大西が彩に目配せする。

「霧島、さっきのスマホの画像見せたれや」

彩はスマホを取り出し、李が撮影した画像を画面に出して村尾に手渡した。

「これは？」

「昨日の午後撮影された写真です」

村尾が写真を見て表情を変えた。

「なぜこの写真を？」

「撮影したのは中国公安部の李捜査官です。残念ながら、昨夜、中国人マフィアに殺されました」

村尾は黙って、スマホを菊池に渡した。

「この情報を知りながら、なぜ二人を逮捕しなかったんだ」

「李捜査官はそもそも王蕾を逮捕するつもりはありませんでした。だから、情報を持っていても我々に伝えなかったのだと思います」

写真を見た菊池が鋭い目つきで彩を睨んだ。

「だったら、どうするつもりだったんだ」

「殺すつもりやったんや」

大西の答えに菊池がテーブルを叩いた。

「なんだってそんなことを？」

「殺された公安部の張は内通者やった。それを知っとったからやろうな」

「あんたたちがついていながら、李っていう捜査官はなんでこんな勝手な捜査ができたかって聞いているんだ」

興奮する菊池に大西が淡々と伝えた。

「李は最初からわしらなんてあてにしてへんがな。せやから捜査情報なんて出さへんかったんや。王蕾が逮捕されたら復讐できんようになるんやからな」

村尾が大西に疑問をぶつけた。

「その李っていう捜査官はなんで復讐しようとしてたんだ？」

「李は王華徳に両親を殺されたんや」

菊池はもう一度スマホの画像を見てから彩に聞いた。

「殺される前に薬物の受け渡しがあったようだな」

彩が即座に答える。

「写真を見てわかるとおり、運び屋である楊文香が覚せい剤を密輸、それを税関職員の加藤に渡し、その後、密売組織に流れているはずです」

菊池が彩に視線を向けた。

「運び屋から受け取ったシャブを税関職員が横流し。見事な連携プレイだな。しかし、なんで二人を殺したんだ。せっかくのルートが使えなくなってしまうだろうが」

「口封じや」

大西が口を挟むと、今度は村尾が悔しげな表情で言い返した。

「実は加藤を任意で引っ張って聴取するつもりだったんだ。ところが、今日は加藤は職場に顔を出していなかった。そんな矢先に加藤は遺体で発見されちまった」

村尾は語尾を詰まらせ、拳を握りしめた。

「向こうが一足早かったちゅうことや。最後に仕事させた後に王蕾につながる運び屋たちを始末したんやな。中国人マフィアちゅうんは、ほんまえげつない連中やな」

「これで手がかりがなくなったってわけだな」

村尾が沈んだ声で言いながら、手を組んで額につけた。

「いや、こっちでわかっとる運び屋はもう一人おる」

大西の言葉で村尾が顔を上げた。

大西が彩に視線を向ける。彩が大西の意を解して答える。

「水沢茜という日本人女性です」

「所在はわかっているのかい？」

「大連にいます」

村尾がため息をついた。

「中国じゃ手が出せねえな」

「いえ、水沢茜はまもなく日本に来ます」

大西がじろりと彩を見る。大西にはまだ話していなかったが、この状況では話さないわけにはいかない。

「霧島、それいつのことや？」

「今朝連絡がありました。午後三時半羽田着の東方航空14便です」

村尾が腕時計を見た。

「六時間後か」

大西が訝しげな視線を彩に向けた。

「水沢には運び屋のこと話したんか」

「話していません」

村尾が話を引き取るように、彩と大西を見た。

「よし水沢を内偵しよう」

菊池が村尾を睨んだ。

「いや、内偵ではなく保護だ。他の運び屋が殺されている。水沢も同じように殺し屋に消される可能性がある」

「私も賛成です。それに水沢は薬物を所持していないと思います。もし、密輸に加担しているのなら、わざわざ私に連絡はしないはずです」

大西が横から口を出した。

「水沢は危険を察知したんや。中国におったらすぐに王華の筋に殺されてまう。せやけど日本が安全とも限らん。王蕾は日本におるんや、わざわざ霧島に連絡したんは、暗に助けを求めてきたんとちゃうか」

「水沢茜は王華の密輸ルートの貴重な参考人だ。なおさら保護すべきだな」

村尾の提案に大西が頷いた。

「問題は水沢が応じるかどうかかや。いくらなんでも密売人がわざわざ捕まろうとするかいな。しかも本人もシャブ食っとるかもしれへんのやで」

水沢茜は過去に覚せい剤の使用でも逮捕されている。再び薬物に手を出しているかもしれない。

「霧島、おまえが水沢の証言を引き出すんや」

彩は思わず大西を見た。いつもながらこの人は突拍子もない指示を出す。

「水沢はおまえに連絡とったんやろうが。目的はようわからへんけども、それなりにおまえを頼っとるんとちゃうか」

水沢茜は過去二度逮捕されている。もし水沢茜が密売に手を貸していれば、三度目の逮捕になる。

彩が答えに窮《きゅう》していると、村尾が横から口を出した。

「だったら警視庁に打診して警戒態勢を敷いてもらおう」

「ちょっと待ちや。殺し屋が襲ってきたところがチャンスや。蛇をあぶりだすには餌が必要や」

大西の狙いがわかった。水沢茜を囮《おとり》にして毒蛇退治をしようというのだ。おまけに水沢を協力者にしようとしている。彩は大西に反論すべく迫った。

「いくらなんでも危険すぎます」

大西が二人の刑事を交互に見た。

「だからこそあんたら警察の協力が不可欠や。それにこれはチャンスやで。蛇の捕獲と密輸の証拠、両方できるんや」

そうだとしてもリスクが高い。だが、水沢茜を組織から引きはがすだけでは危険はなくならない。毒蛇――袁一兵と王蕾の逮捕なしには、完全にリスクは排除できないのだ。それにはこのチャンスに賭けるべきかもしれない。彩は意を決して村尾と菊池を促す。

「やりましょう」

村尾が菊池に顔を向けると、菊池が頷いた。

「わかった。本庁にかけあってみる」

大西がにやりと笑った。

「ほな、わしらも合同捜査ちゅうことで協力させてもらうで。でかい山になりそうやな。こっちも色々と準備があるさかい、このへんで失礼するわ」

大西は二人の刑事にそう告げると、さっさと応接室を出て行った。村尾と菊池は顔を見合わせ、残された彩はため息をついて腕を組んだ。

6

午前十時半。彩は麹町署の地下にある射撃訓練所にいた。

ゴーグルとイヤーマフを着け、三十メートル先の的を狙い照準を合わせる。警察官が使うニューナンブは彩がいつも携帯しているコルト・ディテクティブ・スペシャルと同じ9ミリ口径の回転式拳銃。

ターゲットの的を狙いながら、毒蛇の姿を思い浮かべる。豊海埠頭で対峙した時は、林が殺された動揺で狙いが定まらなかった。咄嗟に撃鉄を起こし、引き金を引いた。弾は毒蛇の太ももに当たったが、狙ったわけではない。無我夢中で撃ったのだ。次は外さない。

そのためには突発的な射撃にも冷静に対処できるよう訓練を積まなければならない。

撃針《げきしん》と照星《しょうせい》、標的が直線でつながった瞬間、静かに引き金を引く。手に反動が伝わる。弾丸は的の中心を捉えた。周囲に誰もいない環境で静止した的を狙えば、正確に射撃ができる。だが、現場ではそうはいかない。

背後から拍手が聞こえた。イヤーマフを外し、振り返ると、村尾が立っていた。

「見事だな」

「訓練だからです。実戦ではこんなに落ち着いて撃てません」

「まるで実戦を経験したかのような言い方だな」

「昨日、袁一兵に襲われた時、咄嗟に発砲しました。初めて人を殺してしまうかもしれないと思いましたが、弾は外れました」

「そうだったのか」

「次は必ず仕留《しと》めます」

「警察としちゃそれは困る。できれば被疑者を生かしたまま逮捕したいんだが」

「どうせ死刑になる男です」

「そうかもしれないが、俺たちは死刑執行人じゃない。司法捜査員として法で裁きたい」

村尾の言う通りだ。殺人犯を殺すのは司法捜査員の仕事ではない。

「それに袁一兵や伯龍会、王華の犯行の証言を取らなきゃならない」

彩は村尾の目を見た。

「できるんですか」

「わからん。だが殺しが絡んでいるんだ。少なくともマトリが手を出す相手じゃない」

「私は水沢茜を守りたいだけです」

「それは俺たちの仕事だ」

彩はゴーグルを外して、銃を村尾に渡した。

「お願いします。水沢茜を守ってください」

村尾が彩に聞いた。

「過去に逮捕したことがあるって言ったな？」

彩が頷く。

「更生してくれていると信じていましたが、まさか王華の運び屋になっていたとは思いませんでした」

「気に病むことはないよ。大抵の依存者は再犯する」

薬物担当の村尾も、少なからず依存者の事情は察しているのだろう。だが、そう言われても気休めにすらならない。

「逮捕するだけが私の仕事ではありません。もちろん逮捕することで薬物依存から抜け出せるケースがあるのも事実です。しかし、依存者のほとんどが再び薬物に手を出します。覚せい剤は一度使うと元に戻ることはできません。人生を変えてしまいます。薬物がなければ、多くの人の人生が変わっていたはずです」

彩がため息をつくと、村尾が憂《うれ》いを湛える目で彩を見た。

「青臭いですよね。でもこの仕事をしていると、時々自分の無力感に潰れそうになってしまいます」

「それは自惚《うぬぼ》れじゃないか。一人の人間に出来ることなんてそう多くはないぜ」

彩は頷いた。大西にも「くされプライド」と言われていた。自分でもわかっている。

立場は違えど、村尾も薬物を専門に捜査する警察官なのだ。これまで様々な悲劇を見て、
憤りを感じてきたはずだ。

「すみません。警察の方にこんな愚痴みたいなこと」

彩が頭を下げると、村尾は首を横に振った。

「刑事だって同じだ。日々無力感に苛《さいな》まれながら、不条理と戦っているんだ」

彩は村尾の言葉に共感を抱いた。

「本庁の了解が出た。特例だが、マトリとの合同捜査が認められた。一時間後に羽田空港に向かう。水沢の警護は俺たちが目立たないようにやる」

彩はもう一度頭を下げた。

「よろしくお願いします」

「こっちこそ頼むぜ。なんとか蛇を退治して王華を挙げたいからな」

彩は頷きながらも、不安を隠せなかった。

「うまくいけばいいのですが――」

気になるのは毒蛇だけではない。身内のことでも憂いがある。大西の顔を思い浮かべた。

「せっかく合同捜査にしていただきながら、こちらは何もお手伝いが出来ていません」

大西は警察に警護を丸投げし、さっさと事務所に引き返した。本庁への根回しや準備には手も口も出さない。

「あの人には何か考えがあるんだろうよ。俺たちは自分たちの役割を全《まっと》うするだけだ」

「すみません。頼りにさせていただきます」

村尾は頷いてから、「じゃあ後でな」と言って訓練所を出て行った。

水沢茜との再会を前に肩に重い荷物を背負わされているように感じていた。

第七章　乾坤一擲《けんこんいってき》

1

午後三時。彩は羽田空港国際線到着ロビーで東方航空14便の到着を待っていた。

警視庁の来栖管理官が指揮を執《と》り、空港内の要所に私服刑事を配置していた。

さすがは組織力を誇る警察。所轄の人員も動員し、総勢三十人の監視チームを編成した。

ターゲットは毒蛇――袁一兵《ユアンイーピン》。最初の周美玲《ジオウメイリン》を皮切りに、捜査関係者を含む五人が毒蛇に殺されている。袁には殺人容疑の逮捕状が出ている。警察は威信をかけて袁一兵の逮捕のために動いている。そして、蛇を捕獲するための餌が水沢茜なのだ。

到着ロビーに発着を知らせるアナウンスが流れた。インフォメーションボードに東方航空14便の到着案内が出た。彩は到着ゲートの中央前列に立ち、人の流れを注視した。

私服刑事はターンテーブル付近にも配置されており、税関も監視されている。水沢茜が違法薬物を持ち込む可能性はないと考えていたが、万が一に備え税関には協力を要請しており、コントロールド・デリバリーができる体制を整えていた。東京税関は、職員が殺されたばかりか、密輸に関与した容疑をかけられている。組織内の綱紀粛正を余儀なくされ、警察にも全面的な協力を約束させられていた。

警察のマンパワーで万全の態勢が取られている。唯一心配なのが、大西の動きだ。大西は監視を警察に任せて、連絡すらしてこない。空港にも姿を現さず別行動をしている。もっともここまで大掛かりな合同捜査は初めてで、マトリの人員では警察には太刀打《たちう》ちできない。つまり、合同捜査は形だけで、事実上事件は警察の手に渡ったと言える。何よりも相手はプロの殺し屋なのだ。薬物事犯ではない犯罪でマトリの出番はない。

彩は到着ロビー周辺をさりげなく見渡した。私服刑事が常に彩を監視している。

彩は装着したヘッドセットで無線の指示に耳を傾けていた。雑音交じりの声がイヤホンから聞こえてきた。

「ローディングゲートから各班へ。東方航空14便の乗客がターンテーブル周辺に集まってきました」

「水沢は？」

「まだ来ていません」

もうすぐ茜が出てくる。彩は心を鎮め、普段通りふるまうよう自分に言い聞かせた。だが、同時に異変を察知し、危険を回避しなければならない。緊張と平静。真逆のことを同時にやらなければならない。一度深呼吸をしてから、到着ゲート付近を注視した。

到着から十五分。ターゲットの確認を知らせる連絡が入ってこない。監視を指揮する来栖から現場の刑事に指示が飛んだ。

「ターゲットは？」

「まだ視確できません」

監視につく大森署の刑事、山口《やまぐち》の声にはわずかに焦りがあった。

さらに十分後、再びターンテーブルの前に詰めている別の刑事から無線が入る。

「ターゲットがいません」

到着ロビーにいた山口が周囲に目を配りながら近づいてきた。

「水沢茜はなぜ出てこない」

そんなことを聞かれても答えようがない。彩はかぶりを振った。

「便は間違いないのか」

「間違いありません。水沢からはそう聞いています」

まさか搭乗しなかったのだろうか。嫌な予感がした。

「水沢と連絡を取ってみます」

山口は黙って頷いた。彩はスマホから茜の番号にかけた。だが、電話はつながらなかった。何度か発信するが、電波が届いていないようだ。山口に顔を向け、首を横に振った。

山口が彩に伝える。

「念のため14便の搭乗者名簿を調べてみる」

山口が無線で連絡を取る。その間、不吉なシナリオが頭を過った。水沢茜はわざと違う便を伝えたのではないか。

いったい何のために——。

警察と麻薬取締官を欺《あざむ》くために、別の便をマークさせる。そう考えるとすべての辻褄《つじつま》が合ってくる。

無線に本部の刑事の声が入った。

「搭乗者名簿に水沢茜の名前がありません」

山口が不安げな表情で彩に視線を向けた。彩が山口に伝える。

「もう一度便名を確認してもらえますか」

「大連発羽田着東方航空14便。大連から羽田への発着はこの便しかない」

彩が無線で刑事に聞いた。

「他に大連から日本に着く便は？」

「パシフィック航空2便、午後二時十五分成田着があります」

――まさか水沢はその便に。

その時、彩のスマホが震えた。着信は大西からだった。通話ボタンを押すと、大西の関西弁が聞こえた。

「どや、水沢はおったか？」

「いえ、乗っていませんでした」

「せやろな」

大西の笑いを堪《こら》えるような口調に彩は声を震わせ聞いた。

「大西情報官は今どちらに？」

「成田や。水沢茜とブツは確保したで。刑事さんたちにご苦労さんちゅうといてくれ」

通話は突然切れた。彩はしばらくスマホを耳に当てたまま茫然とした。

山口が彩に聞いた。

「どうしたんですか」

「水沢茜は成田にいます」

「まさか、パシフィック航空の便で――」

彩が頷くと、山口が表情を硬化させ、慌ただしく無線に向かって叫んだ。

「マトリのチームがターゲットを確保、違法薬物らしきものを押収しました」

山口の顔がみるみる紅潮していく。彩はそれを見ながら、スマホを強く握りしめた。

2

午後五時半。

彩は一人で九段下の事務所に戻った。

事務所にいる若手の取締官に大西の所在を聞いた。

「どうしたんですか、おっかない顔して」

「どうもこうもないわよ。早く教えなさい」

なんで俺が――という表情で若手は答えた。

「大西さんなら取調室にいますよ」

彩は返事もせず、真っ直ぐに取調室に向かった。

怒りと呆れではらわたが煮えくりかえっていた。早く大西に会って罵倒したい。取調室の前で待機する杉本に聞いた。

「大西さんは？」

「三番の隣です」

取調室の隣にある予備室に入ると、大西と倉田が話していた。隣の取調室には水沢茜が座っている。マジックミラー越しにその姿を確認した。

大西が彩に気づいて話を中断した。

「おう、霧島。ご苦労やったな」

何がご苦労だ。よくもしゃあしゃあと言えたものだ。大西に抗議を込めた視線を向けたが、大西はまったく気にせず、彩を睨み返した。

「なんや、文句でもあんのか。それとも自分だけなんも教えてもらえんかったんが不満か」

不満だ。そう目で訴えたが、大西は聞く耳を持たない。

「おまえがもっと早うに報告しとったらじっくり準備ができたんや。あの小娘のトラップに気づかんかったら、今頃一キロ近いシャブが売人に渡っとったんやで」

正論の前で彩は何も言い返せなくなった。水沢茜とコンタクトが取れたという報告をぎりぎりまでしなかった。自分の側にも落度はある。

「まあ、おかげさんで警察も巻き込んで一芝居打てたんやから、結果オーライやけどな」

大西には最初から警察との合同捜査など頭になかったのだ。羽田に警察官を多数送り込み、捜査を展開する警察をほくそ笑みながら、成田に向かったのだ。それならそれで一言ぐらいあってもいいだろう。

「水沢茜は元女優らしいな」

大西の隣にいる倉田が彩に聞いた。

「はい。日本にいた時は深夜ドラマに出演したこともあります」

「取り調べは？」

「一度だけしました」

「どうだった？」

「コカインの所持を自白させせました」

倉田が納得したように頷き、彩に告げる。

「殺し屋のターゲットになっている可能性を考慮して現逮したが、密輸と密売組織を吐かせたい」

大西が腕組みしながら彩に指示を出す。

「霧島、おまえが取り調べるんや」

「私がですか」

「そうや」

わざわざそのために待っていたのか、それともその前に誰かが取り調べをしていたのか。

「調書は？」

「んなもんないわい。まだ取り調べの前や。伯龍会と王華につながるネタを吐かせるんや」

彩はマジックミラー越しに水沢茜を見た。将来を期待されていた女優が二度の逮捕で転落、身も心も傷ついて、嫌というほど挫折を味わったはずだ。二度目の逮捕で実刑が決まり、服役後に母親の元で再出発したいと言っていた。二年前に刑が確定した後、次は舞台を見に行くと約束した。あの時の水沢茜の希望に満ちた顔を今でも覚えている。

中国で何かあったのか、何が茜を変えたのか。逮捕して人生を変えてしまった張本人として聞かなければならない。

「わかりました。取り調べをします」

大西が厳しい表情で彩を見た。

「ええか、あの娘を助けようと思っても無駄やで」

「無駄とは思いません」

「いや、無駄や。シャブ中の言うことは信用でけん」

シャブ中。まさか——。

「水沢茜は覚せい剤を——」

「そうや、尿検査は陽性や。シャブを食っとるんは間違いない」

その事実を聞いて、考えが変わった。所持だけではない、使用の罪状もある。つまり単なる運び屋として使われただけでなく、自らも覚せい剤に染まっていたのだ。

彩のショックに気づいたように大西が強い口調で命じる。

「水沢茜を追いつめるんや。容赦したらあかん。甘っちょろい取り調べしとったら、すぐに交代させるで」

大西にそこまで言われると頷くしかなかった。心のどこかでまだ救済できる、いや、したいと思っていた。だが、薬物欲しさに運び屋をやるようになっては手遅れだ。これ以上罪を重ねさせないためにも王蕾とのつながりを暴き、手を切らせなければならない。彩は強い気持ちで取調室に向かった。

取調室の扉を開けて中に入る。倉田が書記官として同席した。隣の部屋では大西が監視している。失敗は許されない。

彩は茜を見下ろした。会うのは二年ぶりだ。白いワンピースに長い髪を後ろで結っている。化粧が濃く、真っ赤な口紅を引いている。男を魅了する妖艶な印象は、以前の茜には感じられなかった。表情が暗いのは逮捕された直後だからだろうか。憂いを浮かべる表情にもどこか妖しい印象がある。

彩は席に座り、茜と向き合った。身上調書のファイルを開き、読み上げる。

「水沢茜。二十八歳。覚せい剤取締法違反の現行犯で逮捕。これから取り調べをします」

彩の言葉が耳に入っていないかのように、茜は顔を背けたままだった。

「こっちを向きなさい」

窘《たしな》めるように言うと、茜はようやく顔を向けた。シャブを食っている割には、依存者特有の荒廃した印象はない。依存度はそれほど強くないのかもしれない。

「まさかこんなところで再会するとは思わなかったわ」

茜は再び視線を背けた。後ろめたさからだろうが、逃げようとする態度は以前にもあった。

「薬物をやっているそうね」

茜は返事をしない。

彩はファイルに挟まれている尿検査の結果を見た。微量だがメタンフェタミンが検出されている。

「覚せい剤に手を出したの？」

反応がない。

「もう一度舞台に立つんじゃなかったの？」

舞台という言葉に反応したのか、茜はようやく彩に真っ直ぐ顔を向けた。

「霧島さん、説教するために来たの？」

「説教もしたくなるわ。あなたに会えるのを楽しみにしていた。こんなところで会いたくなかったわ」

茜は態度を硬化させ、彩を睨んだ。

「何も知らないのにお節介はやめてくれる。信じていた人に裏切られたら誰だって変わるわ」

「裏切られた？　何のこと？」

「知らないわよね。私に運び屋をやらせたのは母親よ。薬も母から教えられたの」

「あなたのお母さんがなぜ？」

「母は王華徳《ワンホワディ》の愛人よ」

「まさか、じゃああなたの父親は――」

「王華徳よ」

　驚きで言葉を失くした。茜は彩が狼狽する姿を見て口角を上げた。

「びっくりよね。母はずっと隠していたの。日本人の交際相手が父親だと言っていたし、私もそれを鵜呑みにしたわ。まさか、自分が純粋な中国人で、しかもマフィアの娘とは思いもしなかった。母が日本に来たのは父から離れたかったからだと言っていたけど、日本で商売がうまくいかなくなると父を頼って中国に戻ったの。で、私も父の元に呼び寄せたってわけ」

　よりによって麻薬王が父親とは。中国に行ったのは茜の人生にとって最悪の選択だった。茜自身もそんなことは予想していなかっただろう。

「驚いたでしょ。だって薬物を断って、再起しようと思って中国に行ったのよ。なのに、私が入ったのは虎の穴。いえ、蛇の道っていうの。母にそのことを聞いてショックだったし、逃げようともしたわ。でもね、絶望したのは最初だけ。すぐに考え直したの。父は私を受け入れてくれた。そして父は私に世の中の定理を教えてくれたの」

「定理？」

「そうよ、世の中は力がすべて。力を持つ人間だけが成功する。才能も努力も関係ない。成功するために必要なものは力よ」

「あなた何を言っているのかわかっているの？」

「もちろんよ。世間の人たちが言っていることは理想論。困難を乗り越える。人一倍努力する。そんなことで成功が摑めるはずないわ。仮に努力や才能があっても、それを認めてくれる人がいなければ、そんなもの何の役にも立たない。父が私の目を覚まし、現実を見せてくれたのよ」

茜が抱いている父親への盲信に彩は愕然とした。

「どうやら大事なものを失くしてしまったようね」

茜が彩の言葉を鼻で笑い、言い返す。

「あなたになんかわからないわ。私がなんで挫折したか知ってる？」

「薬に手を出したからよ。大抵の薬物依存者は同じ、苦しい現実から逃れようとして一時の快楽に身を委ねようとする。そうやって弱い心に負けて身を持ち崩すのよ」

「違うわ。私が芸能事務所に所属していた時、チャンスを摑めなかったのは、世の中のルールを知らなかったからよ。才能と努力を信じたばかりに足を掬《すく》われた。プロデューサーの誘いを断ったばかりにドラマに起用されなかった。そればかりか、スキャンダルにまみれてしまった。力のある男を利用できなかったから業界でのし上がれなかった。世の中には絶対的な力が存在するって思い知ったわ。だから考え方を変えた。父には大きな力がある。私は父を利用して成功するのよ」

「成功ですって。あなた、罪を犯したのよ」

茜は不敵な笑みを浮かべて答える。

「私がやっていることは必要悪。必要なものを必要とする人たちに届けているの。みんなこの腐った世の中に絶望しながら、なんとか折り合いをつけようとしてるのよ。私はそんな人たちに救いの手を差し伸べているだけよ」

王蕾《ワンレイ》を取り調べたときに話していた理屈と同じだ。完全に洗脳されている。茜を変えたのはマフィアと薬だ。夢と現実の区別がつかなくなり、幻想の中で溺れてしまっている。このままでは早晩《そうばん》身を滅ぼすだろう。何人もの薬物依存者の末路を見てきた彩には、茜の行きつく先が見えた。

「まだ間に合う。王華と手を切りなさい」

茜は黙ったまま彩を見下ろした。

「あなたこそ、これ以上余計なお節介はやめたら」

「余計なお節介ですって」

「あなたがいくら頑張ったところで、この世の中から麻薬はなくならないわ。それこそ無駄な努力よ。私とあなたは別のルールで生きているの。あなたたちが勝手に決めたルールになぜ従う必要があるの？」

「利用されているのに気づかないのね。中国マフィアはそんなに甘くないわ。あなたが逮捕されたと知れば、すぐに関係を切るわよ」

茜は首を横に振り、彩を睨んだ。

「父は私を裏切らないわ。彼は私を女優にすると言った。あの人には力があるのよ。中国でも日本でもね」

何を言っても無駄だった。大西が言っていたことがよくわかった。これ以上、茜に手を差し伸べるのは無理だ。茜を運び屋にした張本人を調べ、叩くしかない。

「やっぱりあなたは変わっていないのね。何かを頼らなければ、何もできない、その考え方自体が間違いだって気づいていないのね。人の弱みに付け込むのが王華のやり方よ。さみしさや孤独、恵まれない境遇に手を差し伸べようとする。でも、そこには大きな代償がある」

茜は開き直るように、彩を見下して言い放つ。

「どうせ私は刑務所に行くんでしょ。だったら今更あなたが何を言っても無駄よ。それよりあなたが知りたいのは、王蕾と私の関係でしょ。だってあなたたち、王蕾にやられっぱなしだものね」

茜の嘲笑に一瞬言葉を詰まらせた。彩は厳しい口調で茜に迫った。

「あなた王蕾に殺されるわよ。王蕾は平気で人を切る。使い道がなくなればすぐに捨てられるわ」

茜が彩に顔を近づける。

「私と王蕾は姉妹なの。身内には手をかけないわ」

「身内だからって容赦しないわ。使えない人間は消されるのがマフィアの定理。そんなことくらいわかっているはずよ。すべて話しなさい。そして、王華と決別するの」

茜は急に彩から目を逸らした。彩は真っ直ぐ茜を見つめながら続けた。

「王蕾に使われていた運び屋たちが殺されている。あなたも同じ。姉でも妹でも関係ない。必要のなくなった人間は殺す。それがマフィアのルールよ。あなたは今、危険な状況なの。もうそろそろ現実を見なさい」

彩の説得に茜の表情がわずかに変化したように見えた。小さな怯《おび》え。それが茜の心を揺らしている。もう少しだ。そう思った矢先だった。茜の表情が変わり、怒りを込めた視線が彩を捉えた。

「殺されるのはあなたのほうよ。王蕾が殺すのは使えない人間だけじゃない。あなたみたいな思い上がった人間が目障りなのよ」

茜の言葉を聞いて、彩は思わず天井を仰いだ。盲信。それが茜の心を完全に狂わせている。

その時、扉が開いた。入ってきたのは大西だった。大西は彩に顎をしゃくって取調室の外に出るよう促した。

彩は席を立ち、取調室の外に出た。

「今日はここまでや」

まだ聞きたいことも言いたいことも山ほどある。

「まだいけます」

「焦らんでもええ。水沢と王華の関係がわかっただけでも良しとしようやないか。後はこっちに任して、今日は帰って休むんや」

大西に何か考えがあるのかもしれない。彩は渋々頷いた。

席を立つ彩に大西が一言付け加えた。

「霧島、今日はタクシーで帰ってええでえ。領収書切ってええさかい」

「いいんですか」

「もちろんや。気いつけて帰るんやで」

珍しく大西のやさしさを感じた。雪でも降るんじゃないのか。

「お気遣いありがとうございます」

彩が素直に礼を言うと、いつもの嫌味が返ってきた。

「またトラブルでも起こしよったら敵わんからな」

「はぁ」

ため息をついて取調室を出ようとしたとき、大西が何かをポケットから出した。

「これもっとき」

大西が放り投げたものをキャッチした。小さな袋に蛇の刺繡が縫い込まれている。

「何ですかこれ？」

「蛇除けや」

いまどきお守りか。どんなご利益があるか知らないが、案外信心深いのかもしれない。

彩はお守りをポケットに収めた。

取調室を離れ、捜査課の席に戻った。疲れていた。ここまで自分を鼓舞してなんとか事件解決に奔走してきた。だが、気持ちも体力も限界だった。大西に言われた通り、今日は帰ろう。荷物をまとめ、席を立つ。疲れで全身が重かった。彩は残った力を振り絞って事務所を後にした。

3

午後七時過ぎ。街道に出てタクシーを捕まえた。座席に座り、行き先を告げると、一瞬気が遠くなった。疲れが限界にきている。彩はシートに背中を預け、頭を窓につけるとすぐに眠気に襲われた。

眠りから覚めた時、タクシーはマンションの前に停まっていた。慌ててお金を払い、タクシーを降りる。足元をふらつかせながら、エントランスをくぐり、エレベーターに乗った。二十二階のボタンを押し、ため息をついた。

不甲斐ない。茜から情報を引き出すこともできず、世の中の定理とやらを説教される始末。だが、このままでは終わらせない。

エレベーターが止まると、部屋まで歩いた。ともかく今日は早くベッドに横になりたい。部屋の扉にキーを挿《さ》し、中に入った。直後のことだった。突然扉が開き、背後に気配を感じた。首に強い圧迫感があった。目の前にナイフの切っ先が光る。振り向いた時、女の声が聞こえた。

「静かにしなさい」

視線を扉の外に向けた。黒いチャイナドレスにサングラスをかけた王蕾が立っていた。

「少しドライブに付き合ってもらうわ」

王蕾が口元を緩めながらそう言った。

「だったらこの物騒なものを引っ込めてくれる」

王蕾が頷いたのが合図となって、首筋のナイフが視界から消えた。振り向くと、黒いスーツを着た男が立っていた。埠頭で見た時と同じ服。毒蛇——袁一兵だ。

袁が彩の肩を押さえつけ、肩から順番に上半身、下半身と体を探っていった。袁が尻のポケットに入れていたスマホに気づき、取り出すと王に渡した。王が受け取り、袁に中国語で何かを聞いた。袁がもう一度腰回りを入念にチェックする。王が彩に日本語で聞いた。

「今日は銃を持っていないようね」

銃は事務所に保管してある。常に携帯しているわけではない。

王が袁に目で合図を送る。袁が彩の背後に回り、背中を押す。

「車を用意したから来なさい」

王蕾が日本語で彩に伝えると、エレベーターに向かって歩いた。彩が後に続く。後ろにぴったり袁が張り付いている。妙な動きをしないよう袁が一分の隙もなく目を光らせている。下手に動けば、一瞬で背中にナイフが突き刺さる。毒が塗られた刃を受ければ、たとえ心臓を捉えていなくとも一突きで死に至るだろう。

エレベーターの扉が閉まり、二十二階から一階に降下する。エレベーターには三人以外誰も乗っていない。彩が王に問いかけた。

「わざわざ会いに来るなんてどういうつもり？」

王蕾がサングラスを外して彩に視線を向けた。強い殺気を感じた。

「言ったはずよね。あなたを殺すって」

頭がくらくらした。まさかそのためだけにここに来たのか。

「随分と気に入られたものね」

「そうね、殺したくなるほど気に入ったわ。ただ、すぐには殺さない。私はこう見えて合理的な人間よ。あなたに利用価値があればもう少し生かしておいてもいいわ」

「どういうこと？」

王蕾は彩の質問には答えず、微笑を浮かべるだけだった。その時、エレベーターが一階に止まった。

エントランスを出るとコンコースの前にメルセデスが停まっていた。

王蕾が助手席に乗る。彩は後部座席に乗せられ、隣には袁が座った。見えない重圧が車内に充満している。王蕾が運転手に合図すると、車はゆっくりと発車した。

「どこに行くつもり？」

「少しは東京の夜景でも楽しみましょう」

車は台場インターから首都高に入り、湾岸線を羽田方面に向かって走った。助手席に座る王蕾が顔を後に逸らせ、彩を見る。

「茜に会ったわね？」

「ええ」

「あの子何か言っていた？」

「あなたとは姉妹のようね」

「そうよ」

「茜を運び屋にしたのはあなたたね？」

「あら、そんな子他にもたくさんいるわ。私たち東北幇《ドンベイバン》は、これまで随分と日本に人を送り込んできたのよ。あなたたちが摑んでるのは、ほんの一握りに過ぎないわ」

他にも茜のように運び屋として使われている中国人が大勢いる。茜の替えはいくらでもいる。そんな意味にも思えたが、どうやらそれは違うようだ。

「できれば茜を取り戻したいの。そこで取引よ。あなたと交換ってどうかしら」

どこまで本気かわからないが、そんな交換条件をのめるはずがない。

「そんな取引が成立すると思っているの。茜は現行犯よ。捜査機関が犯罪者を引き渡すはずがないでしょう」

「それならそれでいいわ。代わりにあなたが死ぬことになるけどね」

「私を殺したらあなたは犯罪者確定ね」

「バカね。私が直接手を下すはずがないでしょ。それにやるなら証拠が残らないようにするわ」

隣に座る袁が今にもナイフを取り出さんばかりに彩に鋭い視線を向けていた。交渉ができないとわかれば、すぐにでも切っ先が彩の心臓に襲い掛かってくる。

「どのみち茜があなたのことを自白すればあなたは犯罪者よ。すぐに逮捕状が出るわ」

王蕾は動揺する様子もなく言い返す。

「茜は私たちのことは話さないわ。あの子は私たちのものよ」

どこまで茜を信用しているのかはわからないが、少なくとも取り戻したいと思っているようだ。だったら尚更取引には応じられない。

「あの子は誰のものでもない。あなたは人を利用するだけ。人から信用されていない。人を使い捨てにし過ぎたからよ。いつかその報いを受けることになるわ」

王蕾は鼻で笑いながら、口角を上げた。

「強がりはそこまでね。何を言ってもあなたはもうすぐ死ぬのよ」

隣に座る袁一兵がナイフを取り出し、彩に向けた。蛇のように空虚な昏《くら》い瞳と対照的に、鋭利なナイフが光っていた。

「あなたの関西弁の上司に電話しなさい」

王蕾が彩から取り上げたスマホを差し出した。彩が無視していると、袁がナイフを彩の首筋に当てた。冷たい感触が首筋に走った。

彩は仕方なくスマホを受けとり、ロックを解除し、大西の携帯に発信した。大西が電話に出ると、スピーカーホンにして王蕾にも聞こえるようにした。

「なんや霧島、今どこにおんのや？」

大西の声に王蕾が答える。

「あなた霧島彩の上司ね」

王の声を聞いて大西も口調を変えた。

「そうや、あんた誰や」

「あなたの大事な部下を預かっているわ」

「あんた王蕾やな。いっぺんゆっくり話したかったんや」

どうやら大西は状況を把握したようだ。

「だったら今から言う場所に来なさい。ただし、水沢茜も一緒にね」

「そらできひん相談やな」

「あなたの部下が死ぬわよ」

「それは堪忍してや」

「嫌なら取引に応じなさい。私たちから奪った茜と交換よ。さもないと部下の酷《むご》い姿を目にすることになるわ」

「交換ちゅうことは、わしのアホな部下もそこにおるちゅうことやな」

王が彩に視線を向けた。

「ここにいます」

彩の声を聞いた大西は、急にあきれた声で言い返した。

「ほんま世話のやけるやっちゃのう。気いつけて帰れ言うたやないか。お守りまで渡したんや。ご利益もあったもんやないな」

大西がごちゃごちゃしゃべっていると、王が会話に入ってきた。

「つべこべ言わずに取引をするかしないかはっきりしなさい。こっちはどちらでもいいのよ」

大西はため息をついてから渋々という口調で答えた。

「しゃあないなあ。どこにいったらええんや」

「成田空港第一旅客ターミナルの駐車場に午後十時。水沢茜とあなたのふたりで来なさい。そこまで来たら次の指示を出す。もしも二人で来なかったらあなたの部下の死体と会うことになるわよ。いいわね」

「ええでえ、せやけど、そっちも約束や。わしらが行くまで霧島に指一本触れたらあかんでえ」

王蕾は何も答えず、一方的に電話を切った。

場所は成田。だが、車は羽田方面に向かっている。

「どういうこと？」

王は何も答えない。彩は腕時計を見た。午後八時四十五分。今から成田に向かったとしてもぎりぎり間に合うかどうか。無理な条件を提示して何をするつもりなのか。車は大井埠頭あたりを走っていた。ドライバーは高速を降りる気配がない。彩は気づいた。

「最初から取引なんてするつもりはなかったのね」

「気が変わったのよ。それにあなたの言う通りせっかく捕まえた水沢茜をマトリが手放すはずはない。さっきの会話でわかったわ。あなたの上司は取引に応じる気なんてさらさらない」

「取引には応じると答えたはずよ」

「あんな男を信じるなんて甘ちゃんね。それに茜を取り戻す手段は他にもある」

「私を殺したところで逃げられるはずもない。水沢茜が自白すればあなたは指名手配される」

「その頃にはもう私たちは空の上ね」

王がドライバーに中国語で指示を出した。ドライバーが即座に反応し、ウインカーを出してハンドルを切る。車は湾岸線を大井南インターで降りた。しばらく湾岸道路を羽田方面に走り城南大橋《じょうなんおおはし》を渡った。

王蕾がわずかに彩に顔を向けて微笑を浮かべた。

「もうこれは必要ないわね」

車が橋を渡り切ろうとしたときだった。王蕾が彩のスマホを窓から投げ捨てた。

これでスマホの追跡はできない。大西の助けは期待できそうにない。

車は城南島海浜公園の駐車場に停まった。

「残念だけど、あなたの上司が会うのはあなたの死体よ。でもそれは当分先になるわね。もしかしたら波にさらわれて見つからないかもしれない。なんなら李の母親と同じように、頭だけ切り取って上司に送ってあげてもいいわよ」

かなくなった。

袁が彩の両腕を摑み、手首をプラスチックの拘束具で縛った。これでいよいよ自由が利かなくなった。

袁に促され、車から無理やり降ろされた。このまま周のように心臓をナイフで刺され、殺される。死んだ周のようにひと突きで心臓を刺されれば即死だろう。いや、それならばまだしも、首を切り落とされ、体を海に捨てられるかもしれない。ダンボールに入った自分の生首を想像して吐きそうになる。

停まっているメルセデスのドアが開いた。王蕾が車から降りて、彩に近づいてくる。

「悪いけどここでお別れよ。出来ればたっぷりかわいがってから殺してあげたいところだけど、時間がないの。日本のヤクザならきっと楽しい拷問でもしてくれるんでしょうけど、私たちは運び屋一人のためにそんな面倒なことはしない。死ぬより辛い恥辱にまみれることなく死ねるんだから、感謝してほしいわ」

彩は手首をひねって拘束具を外そうとするが、がっちりと手首に食い込み、微動だにしない。

「再見《ツァイチエン》、マトリの女」

王が「シャーラ」という声とともに指で首を切る仕草をしたときだった。突然一台のワゴンが駐車場に入ってきた。ワゴンは猛スピードで真っ直ぐ彩たちが立っている方に向かってくる。車の窓から誰かが身を乗り出す。銃口が袁に向いている。銃声が五月雨に聞こえた。ワゴンは彩と袁の間を割るように突っ込んできた。彩は咄嗟に体を捻《ひね》り、地面を転がりながら袁から離れた。ワゴンが急ブレーキとともに止まり、中から数人の男が飛び出してきた。その中に大西の姿があった。

大西はワゴンを降りると、すかさず袁に銃を向けて容赦なく銃弾を撃ち込んだ。これまで一度も見たことのない鬼気迫る顔。だがその表情は冷静で一瞬のためらいもなく袁を狙って弾丸を撃ち込んだ。対する袁は銃弾を体にまともに受けて、後方に倒れたがアスファルトのうえを転がりながら体勢を変え、中腰のまま立ち上がろうとしていた。大西がなおも銃を構え袁を狙う。再び銃声が響いたが、すぐにカチッという乾いた音に変わった。弾丸が尽きたようだ。大西が突然叫んだ。

「霧島、はよ逃げんかい」

彩は一瞬戸惑いながら、袁から離れるように立ち上がろうとした。その瞬間、袁が彩に向かって突進した。咄嗟に体を捻り、かわそうとしたが、袁の手が素早く宙を切り裂いた。瞬時、背中に強い痛みが走った。彩はそのまま前のめりに倒れた。

「霧島！」

大西の声に重なるように銃声が耳に飛び込んだ。彩が顔を上げると、取締官たちが銃を向けながら、袁を取り囲んでいた。袁は体に銃弾を受け、黒いジャケットに穴が開いていた。出血はなく、穴から黒い硬質な生地が見えていた。兵士が身に着けるタクティカルベストだ。視線を王に向けると、同じく取締官が周りを取り囲んでいた。駐車場にサイレンの音が近づいてくるのが聞こえた。警察車両も駆け付けたようだ。彩は全身が弛緩し、その場に腰を落とした。同時に袁のナイフがかすめた背中が燃えるように熱くなっている。熱だけでなく痛みが背中全体に広がり、息苦しさを覚えた。両肘をつくと、そのまま前のめりにアスファルトに顔をつけた。

「霧島、しっかりせえ」

急に頭が朦朧《もうろう》としてくる。神経毒の作用かもしれない。意識が遠ざかり徐々に視界が黒く染まっていく。必死に正気を保とうとしたが、大西の声が徐々に遠ざかっていく。次第に意識が遠のき、緞帳《どんちょう》が下りるように目の前が暗くなる。やがて視界が完全にブラックアウトした。

4

このまま死ぬのか。随分とあっけないものだ。身の程も知らず、中国マフィアなんかに立ち向かおうとした報いか。それとも、ただの悪夢か。どちらにしてももう助からないだろう。天国に行ったら家族に謝ろう。でも少しは褒《ほ》めてほしい。志《こころざし》半《なか》ばで倒れたけど、精一杯自分を貫いて戦ってきたのだ。

「ねえさんはよくやったよ」

弟の敦史《あつし》が目の前に現れた。

「そうだよね。そう言ってくれてうれしいよ」

「疲れたでしょ。少し休みな」

「そうだね。そうする。ありがとう」

その瞬間、弟の姿が消え、嫌味な関西弁が耳に響いた。

「何がありがとうや。礼言うくらいならしっかりせえや」

急に頭がクリアになった。気が付けばベッドに寝ていた。

「ここは？」

「病院や。蛇に背中ばっさりやられてそのまま気い失ったんや。毒が回る前に血清打ったからもう大丈夫や」

はっとして腕を見た。点滴を打たれている。記憶が朦朧としていたが、倒れる寸前の出来事は覚えていた。袁に襲われ背中をナイフがかすめた。熱が背中から全身に伝わり、意識を失った。そのまま死んだと思っていたが、どうやら助かったようだ。

徐々に記憶が鮮明になる。王蕾に拉致され、茜と彩を交換するという取引を持ち掛けられた。大西が応じたが、王はそれを反故《ほご》にし、彩を殺して逃亡。そうなるはずだったが、なぜか大西が海浜公園に現れた。

「なんであの場所がわかったんですか」

「これや」

大西がポケットから出したのはお守りだ。蛇のステッチがついている。昨日、事務所を出る前に渡されたものだ。大西はお守りの袋を開け、中から小さな黒い電子機器を取り出した。集音マイクのような機械に小さな点滅ランプがついている。

「それは？」

「超ハイテク技術を駆使した『スーパーお守り君』や。わしが中国のダチに頼んで開発してもろたんや。そいつ、公安部のスパイでなあ、こういうスパイの小道具作るんが得意なんや」

大西はまるでおもちゃをいじるように小さなデバイスをポケットから取り出した。

「バカにしたらあかんで。このお守り君のおかげでおまえ助かったんやで。ここに集音マイクがついとってなあ、こう受信機で音声を自動送信できるんや。ＧＰＳも付いとるから、マイクの位置もばっちりわかんねん。どや、007みたいやろ」

まるでおもちゃを自慢する子供のようだ。大西の話がどこまで本当かわからないが、そのお守り君とやらに助けられたのは事実のようだ。

「だったら、王蕾と電話していた時は――」

大西があっけらかんとした表情で答える。

「近くにおったで。おまえの行動はずうっとマイクで聞いとったからな。王が成田空港を指定したときは思わず笑ってもうたわ。まあ、幸いお守り君がポケットにぴったり張り付いて取れへんかったから、二人の会話は丸聞こえや。さすがは中国人、こんな高性能な機械よう作ったわ。ほんま、あの国の技術はとうに日本を超えとるな。しかもな、このお守り君の性能はこれだけやない。ばっちり会話も録音させてもろうた。これで王蕾を逮捕できる証拠が揃ったちゅうことや」

「まさか、そこまで予測して私を囮に――」

「ちゃうがな。純粋に部下を心配しとったんや。まあ、おかげさんで王蕾も確保でけたんやし、証拠も手に入った。結果的には一石二鳥ちゅうわけや」

「では王蕾は？」

「海浜公園で警察に身柄を渡したんや。危うく羽田からプライベートジェットで逃亡するとこやった。中国の公安部も本腰入れて捜査することになったさかい、どこぞ東南アジアのシンジゲートにでも逃げよ思たんやろ」

「当局がようやく重い腰を上げたんですね。しかし、ブラックリストを握られている上層部からの妨害はないのですか」

これまで中国公安部は、捜査官を派遣するだけで何もしなかった。李《リ》の話では、禁毒局の捜査官は王華に買収されていると聞いていた。大西はその理由を説明した。

「ブラックリストが効いたんや」

「ブラックリスト？」

「林《リン》が潜入中に摑んだブラックリストを李が公安部のトップに送ったんや。あちらさんも一枚岩やないねんな。汚職撲滅を目指す党指導部寄りの一派が動いたんや。禁毒局の浄化運動が始まって、トップが汚職追放に乗り出したちゅうわけや」

「ブラックリストは李と林が入手していた？」

ブラックリストはすべて王蕾が管理していたはずだ。

「そうや。林は王の目を盗み、リストの一部の入手に成功しとった。その中には中国当局の上層部の名前があったんや。張《ジャン》はその名前を消そうと、李と林を始末する手助けをしようとしとったんやな。まあ証拠がどこまで認められるかわからへんけど、公安部が動いたちゅうことは、王蕾を中国側に引き渡すことになるんやろうが、罪状からいうたら死刑やろな」

つまり、李は復讐を果たしたということだ。王を自らの手で殺せなかったのは無念だろうが、事実上、王蕾は死んだも同じだ。

大西の話を聞いて彩はようやく肩の荷が下りた気持ちになった。

「まあ無事とはいかんかったけど、これからは銃を常に携帯しとくんや。いつ何時あいつらに襲われるかわからんからな」

「袁はどうなりましたか」

「警察が生け捕りにした。ほんまはあそこで退治したかったんやが、しゃーないやろ」

やはり大西が放った弾丸は命中はしたが、急所を外していたようだ。

「それとあの娘の取り調べやが――」

「水沢茜ですか」

「そや、色々としゃべりおったが、肝心な王華の密輸ルートについてはだんまりや」

「茜の供述は？」

それまで頑なに強がっていた茜の供述が気になった。

「伯龍会の筋から芸能事務所を紹介されとったようやな。んなもん、ヤクザもんがまともな芸能事務所なんかやっとるわけあらへんがな。ええとこＡＶかソープちゃうか言うたんやが、王華を信用しているんか、密売については知らぬ存ぜぬや」

「水沢の勾留は？」

「四八やから明日までやな。まあ、あれだけのブツ所持しとったから有罪は確実や。二年か三年ちゅうところやろうな。できれば水沢茜が逮捕される前に王華の密輸ルートを解明したいところや」

四八は逮捕から送検までの勾留期間が四十八時間ということだ。身柄が検察に引き渡されてしまえば、水沢茜は起訴されてしまう。その間に王華の密輸ルートを解明したいのだろう。

「まあ、ともかくそっちはわしがなんとかするさかい、しばらく病院でゆっくりしたらええわ」

彩は、帰ろうとする大西を引き留めるように懇願した。

「二度とこんな捜査は勘弁してください」

部屋を出る前に、大西がもう一度彩に顔を向けた。

「わしもこんなやばい捜査、二度としたないわ。けどな、この捜査で少なくとも千人、いや二千人以上の中毒者を救ったんや。それだけは覚えとき」

確かに大量の覚せい剤を押収できたばかりか、密輸ルートを一つ潰す手がかりを摑んだ。

「まあともかくゆっくり休んだらええがな」

大西はそれだけ言うと病室を出て行った。

5

翌朝、午前九時過ぎ。彩は退院したその足で九段下の事務所に顔を出した。大西にはしばらく休むよう言われていたが、茜のことが気になっていた。

大西のデスクの前に立つと、座っていた大西が顔を上げた。

「なんや、もう出てきたんか。大丈夫なんか？」

「はい、なんとか」

恭しく頭を下げる彩を見て、大西が立ち上がった。

「黒木部長がお呼びや」

大西が彩を連れ、部長の部屋に向かった。部屋に入ると、デスクに座る黒木が顔を上げた。彩の顔を見た黒木は立ち上がり、笑顔を見せた。

「心配したぞ。もう大丈夫なのか」

彩は頭を下げた。

「なんとか生きています」

「とにかく無事でよかった。相手は中国マフィアだ。何をするかわからない」

彩は頷いた。まさか自宅に張り込まれ、拘束されるとは思わなかった。

「王蕾と袁一兵は警察に任せることにした。我々は国内の密売組織の捜査だ。だが、肝心の水沢茜の取り調べが進んでいない。できれば国内の密売ネットワークに関する情報を引き出したい」

黒木が目配せすると、大西が彩に言った。

「それでや、退院してそうそうなんやがな――」

大西が先を続けようとしたとき、デスクの電話が鳴った。黒木が断り、電話に出た。受話器を持つ黒木の顔色が急に変わった。

「何ですって」

興奮した声で黒木は受話器に怒鳴った。表情がみるみるうちに青ざめていく。何か大きなトラブルがあったようだ。

「わかりました。すぐにこちらも対処します」

電話を切ってからも黒木は黙したまま、しばらく動揺していた。大西が黒木に声をかける。

「なんかまずいことでもあったんとちゃいますか」

黒木が深刻な表情で大西を見た。

「袁一兵が逃亡した」

「なんやて」

「大森署の留置場を抜け出し、警官から拳銃を奪った。同じ署内に勾留されていた王蕾に発砲、王蕾は重傷で救急搬送された。大森署の警官二名が負傷。現在も逃亡を続けている」

彩が黒木に聞く。

「袁の行方は？」

「都内全域に緊配が出ている。すぐに捕まるはずだ」

大西が深刻な表情で訴える。

「袁一兵は元人民解放軍の特殊部隊、しかもプロの殺し屋や。並みの犯罪者とはちゃうで」

彩が大西に顔を向ける。

「袁一兵の目的は何でしょうか」

大西が腕組みをした。

「袁は王蕾に発砲したそうやないかい。いったい何が起きとんのや」

大西の謎かけに彩の直感が働いた。

「袁の雇い主は王蕾じゃない。王華徳です。だとしたら、次のターゲットは――」

大西が確信をもって言う。

「水沢茜や」

「しかし、茜は王華徳の娘です」

「たとえ実の娘でも邪魔になったら容赦なく殺す。相手は中国マフィアや。逮捕されて自《う》白《た》われる前に始末すんのは、合理的な判断や」

彩は中国マフィアの血も涙もないやり口に戦慄を覚えた。大西が黒木に顔を向ける。

「水沢茜は取り調べのために、警察の勾留施設から移送されてきとります。ぼちぼちここに到着しとる頃や」

黒木が頷いて指示を出す。

「取り調べ中の水沢茜を保護しろ。職員全員銃を携帯。私は警察に連絡して応援を要請する」

大西が電話をかけようとした時、突然大きな爆発音がした。

「なんや今のは？」

「まさか——袁一兵が」

大西がスマホを切って、部長室を出て行った。彩がその後を追いかける。大西がエレベーターに乗り、取調室のある四階のボタンを押した。

「霧島、銃は携帯しとんのか」

彩は頷いた。ホルスターに手を当て、銃の感触を確かめた。

「わしは丸腰や。ええか、袁を見つけたら躊躇せんと撃つんや」

彩は無言で頷いた。緊張で胸が高鳴る。自分の腕で果たして袁一兵を仕留めることができるのか。彩は震える右手を左手で握りしめ、コルト・ディテクティブを構え、安全装置を解除した。

エレベーターが四階に止まった。扉が開く。刹那《せつな》、黒い影が見えた。エレベーターから三十メートルほど先に男が立っていた。男はエレベーターの到着に気づいて振り向いた。手に銃を持っているのが見えた。同時に男の顔が目に入る。

——毒蛇。

彩が男の顔を認識した瞬間、銃口が彩たちに向いた。

「霧島！」

大西の叫び声でスイッチが入り、反射的に体が動いた。射撃訓練所の標的を思い出し、男の頭に照星を合わせ、静かに引き金を引いた。一秒に満たない時間、まるでスローモーションのようにすべてのアクションを冷静に確実に行った。

銃声が重なった。数秒してから大西の声が聞こえた。

「ようやった」

大西の声が内耳に届いた時には標的が倒れていた。彩が撃った弾丸は毒蛇の頭部に命中した。袁の頭から赤黒い血が幾筋か流れ床を染めた。

これでようやく李の復讐が出来た。

息を整え、銃を下ろす。ほぼ同時に隣でどさりと誰かが倒れる音がした。横を見ると、大西が倒れていた。エレベーターの扉が大西の体に引っかかっている。彩が急いで大西の体を起こし、エレベーターの前に引きずり出した。

「大西さん、しっかりしてください」

大西の顔に呼びかけるが返事がない。大西の体を見た。スーツの上着をめくると、ワイシャツの胸のあたりが赤く染まっていた。袁が死ぬ間際に撃った弾が大西の体を貫通したのだ。

「救急車!」

彩の声に反応して、職員が廊下に出てきた。彩は大西に何度も声をかけたが、大西は微動だにしなかった。

エピローグ

夕方、午後五時。いつものビジネスーツで部長室のドアを叩いた。黒木の返事が聞こえた。中に入り、デスクの前に立つ。黒木が顔を上げ、彩に聞いた。

「これから行くのか」

「いえ、やっぱりやめることにしました」

黒木の顔に疑問の色が浮かんだ。今晩、大西の通夜がある。黒木をはじめ、取締官は全員喪服を着ていた。

「私が行くと、大西さんはきっとこう言うと思います。けったくそ悪い。おまえが来たってうれしゅうないわ」

黒木の顔が緩んだ。

「大西さんには何度も罵倒され、嫌味を言われて、騙されてきましたが、最後に一度だけ褒められました」

「袁一兵を撃った時か」

彩は頷いた。同時に涙腺が緩んだ。

「ようやった。それが大西さんの最後の言葉でした」

あの時、既に大西は撃たれていたはずだ。最後の力を振り絞って伝えた言葉だった。

「なんで大西が君を捜査に加えたかわかるか」

彩は視線で黒木に答えを求めた。

「あいつはおまえのことを葦《あし》みたいな奴だと言っていた」

「葦ってあの植物の？」

「そうだ。『人間は考える葦』の葦だ」

たしかパスカルの言葉だったと思う。聞いたことはあるが、どんな意味なのか、ぴんと来ない。

彩が黙っていると、黒木が説明した。

「自然の中で人間は脆弱で孤独な存在だ。だが、考えることにおいて、人間は偉大さと尊厳を持つ。何度倒れてもまた立ち上がって考える。葦のようなしなやかさが人間の強さだ。中国マフィアのような非情な組織と対峙するには、しなやかな強さが必要だ」

大西から言われた言葉の一つひとつを思い出した。大西のチームに配属されてから、危険な捜査に任命され、罵倒され、騙され、散々な目に遭ってきた。だが、その裏にある大西の思いを初めて知った。

「世の中にはたくさんの不条理がある。違法薬物はその最たるものだ。生きにくい世の中だからこそ、人間のしなやかな強さを信じたいじゃないか」

黒木の言葉に彩は救われた気がした。探していた答えを見つけたような、そんな気がしたのだ。

「やっぱり通夜に行きます」

黒木が首を傾げて聞いた。

「なんだ、急に」

「なんだか文句も言わずに逝かれたら癪《しやく》に障りますから」

黒木が破顔した。彩は立ち上がり、黒木に頭を下げた。

「その前にまだやるべきことがあります」

「水沢茜の聴取だな。まだしゃべらんようだな」

彩は黙って頷いた。

「これを持っていけ」

黒木がデスクの上にレポートを置いた。彩がデスクに寄り、レポートを手に取る。

「大西が頼んでいた調査報告書だ。中国公安部に依頼していたようだ」

黒木が差し出したレポートを見た。そこには水沢茜の情報が書かれていた。

「大西の意図がわかるか」

彩は顔を上げて黒木に納得したように頷いた。

「よし、聴取は任せる」

黒木が彩の肩に手を乗せ力を込めた。

彩は部長室を出ると、時計を見た。午後五時半。まだ通夜の時間には早い。その前に大西がやろうとしていたことを終わらせたい。彩はエレベーターで一階に降りてから、まっすぐに事務所を出て麴町署に向かった。


彩は麴町署の受付で村尾を呼び出した。事前に村尾に連絡を取り、勾留中の水沢茜との面会をお願いしていた。

村尾が受付に現れた。心配そうな顔で彩を見る。

「無事でよかった」

「無事ではありません。また犠牲者が出ました」

村尾は彩の言葉を察して頷いた。

「大西さんのことは残念だった。俺たち警察のミスでこんなことになってすまねえ」

頭を下げる村尾に彩が伝えた。

「大西情報官はこの戦争の犠牲者の一人、そして最大の功労者です」

村尾が顔を上げて頷いた。

「ところで水沢茜との面会は？」

「許可を取った。ただし、時間は限られてる。わかってるだろうが、明日には送検だ。罪状はほぼ確定してる。情報を引き出すなら今しかねえ」

「わかりました」

村尾の案内で彩は勾留施設に向かった。面会場所に案内され、彩は村尾とともに椅子に座った。水沢茜はすでに送検が決まっている。刑期は長くなるだろう。次に会えるのは随分先になるはずだ。

扉が開き、制服警官に腰縄をつながれ、茜が入ってきた。アクリルの仕切りを挟んで茜と対面した。茜は顔を下げ、彩を見ようとしない。暗い表情で虚《うつ》ろな目は焦点が合っていないように見える。彩は茜に話しかけた。

「まだ王華を信じているの？」

茜は反応しなかった。表情を変えない。感情までは読めなかった。

彩が先を続ける。

「袁一兵はあなたを殺そうとした。命じたのは王華徳よ」

茜の眉間に皺が寄る。否定しているようにも取れるが、葛藤しているようにも見える。

「公安部が動き出したわ。否定しているようにも取れるが、王華は早晩摘発を受ける。王蕾への取り調べも進むでしょう。密輸ルートがわかれば、これから先、日本への覚せい剤の密輸も防げる。ルートの解明にはあなたが持っている情報が必要なの」

「私は何も知らないわ」

「運び屋をさせられている女の子たちのことは知っているはずよ」

「知っていても私が話すと思うの？」

茜の口調には強い拒否反応が表われている。彩は茜の葛藤を感じていた。王華徳への庇《ひ》護《ご》を求めているのか、それとも報復を恐れているのか。

「父は決して私を裏切らないわ。父は日本を憎んでいた。だから私を助けてくれた」

「そんなことを本気で信じているの」

「あなたにはわからないわ。母の苦労も、私の逆境も」

彩はポケットからレポートを出した。黒木から渡された調査報告書だ。

「逆境も苦労もわからない。ただ、あなたが間違った道を進んでいるのはわかる。それがあなたの素性、そして真実よ」

　茜はレポートを手にとって読み始めた。

　レポートには水沢茜、そしてその母親、祖母の身の上が書かれていた。中国公安部が大西の依頼を受けて調査した情報だ。

　茜は残留孤児の三世だった。茜の母、王美英《ワンメイイン》は大連に移り住む前、長春にいた。祖母は日本人で戦時中に満州に渡ったが、終戦によって、大陸に取り残された。祖母は日本への帰国を願ったが、存命中にその願いは叶わなかった。祖母の思いは母に引き継がれ、王美英は大連に移り住み、王華徳と知り合った。かねてから日本への憧れをもっていた美英は、王華から援助を受けて日本に渡った。渡航後、王華へ費用の返済をしながら新宿のエステで働き、その後中国人クラブのホステスとなった。クラブで知り合った日本人との間に生まれたのが茜だ。だが、結婚生活は長く続かなかった。破綻したのは美英の夫の側に原因があったが、そもそも文化の違いや言葉の壁が遠因となっていた。王美英は帰国し、王華徳を頼り、その後、王華徳の愛人となった。さらに、母親は王華徳の寵愛を受けるため、娘を運び屋にした。王華徳は茜を養子として受け入れたが、実際は運び屋が一人増えたに過ぎない。その証拠に、王華徳には他にも二十人以上の養子がいるとされている。ラブコネクションではなく、親と娘という血縁を作り、密輸ルートを作っていたのだ。

彩が読み上げたレポートで真実を知って茜は動揺していた。王華徳と血のつながりがないことは薄々わかっていたはずだ。茜が王華徳を父と慕っていたのは、王華を利用するため。王華が茜を利用していたのはお互いの利害が一致したからだ。

「わかったでしょ。中国に渡り、王華徳に出会ったあなたは、なにも見えなくなっていた。日本に裏切られたと洗脳され、取り込まれてしまったのね。それでもあなたには王が必要だった。日本に裏切られた母も、結局は王のもとに戻っていった。でもこれでまたすべてを失った。どうやら血は争えないようね。あなたも母親も日本に裏切られ、中国に利用された」

王華は祖母、母、茜と三代に亘って日本に裏切られたというストーリーを作り上げ、巧みに茜を取り込んだ。同じような手口で何人もの運び屋を作っていた。

「あなたは自ら付け入る隙を与えてしまったの。それはあなたの弱さからくるものよ。彼らは狡猾《こうかつ》にその弱みに食いつく。そして抜け出せない泥沼に突き落とす。すべてを絞り取られ、抜け殻になったら捨てられる。新しい獲物が他にいれば、彼らは困らない。ここまできたら戦うしかないわ。王華が消滅すれば、あなたは自由を手に入れられる。協力してくれるなら援助は惜しまない。どうするかは自分で決めなさい」

彩はしばらく茜の様子を見守るように見つめた。茜は沈黙したまま動かない。村尾が彩に目で合図した。もうすぐ面会時間が終わる。彩が席を立ち上がろうとした時、茜のか細い声が聞こえた。

「霧島さん」

彩はもう一度座りなおして茜の言葉を待った。茜がわずかに顔を上げて彩を見た。

「知っていることを話すわ」

彩は手帳を取り出し、茜の言葉に耳を傾けながら、ペンを走らせた。


聴取を終えて麴町署から出ると、夜風が顔に当たり、髪を揺らした。

彩の足は自然と千鳥ヶ淵に向いた。お堀沿いの桜並木の下をゆっくりと歩く。月光が池に反射し水面が輝いていた。と、その時ポケットのスマホが震えた。ふと、大西からの着信を思い出した。

――まさか、GPSで監視されている？

そんな期待がわずかに頭をかすめたが、画面を見て現実に戻った。

着信は黒木からだった。

「どうだった？」

「水沢茜から貴重な証言を得ました」

「そうか、それはよかった。で、今どこにいる?」

「今公園を歩いています」

「大西が待っているぞ。早く来い」

「わかりました。急いで向かいます」

スマホをしまい、空を見上げた。

桜の花びらが上着にはらりと落ちる。花が散り、季節は晩春に移りつつあった。

彩は散った桜の木を見ながら、千鳥ヶ淵を歩き始めた。

【主要参考文献】

『麻薬取締官』　鈴木陽子　（集英社新書）
『麻取や、ガサじゃ！』　高濱良次　（清流出版）
『覚醒剤大百科』　覚醒剤研究会　（データハウス）
『マトリ　厚労省麻薬取締官』　瀬戸晴海　（新潮新書）
『中国「黒社会《ヘイサーホイ》」の掟《おきて》　チャイナマフィア』溝口敦　（講談社＋α文庫）

光文社文庫

文庫書下ろし

ブラックリスト　麻《ま》薬《やく》取締官《とりしまりかん》・霧《きり》島《しま》彩《あや》Ⅱ

著　者　辻《つじ》　寛《ひろ》　之《ゆき》

2021年9月20日　初版1刷発行

発行者　鈴　木　広　和
印　刷　堀　内　印　刷
製　本　ナショナル製本

発行所　株式会社　光　文　社
〒112-8011　東京都文京区音羽1-16-6
電話（03）5395-8149　編　集　部
8116　書籍販売部
8125　業　務　部

ISBN978-4-334-79238-1　Printed in Japan

組版　萩原印刷